Samuel Beckett
Malone stirbt

Roman

Aus de… …anzösischen
von …

Suhrkamp

Samuel Beckett, *Werke.* In Zusammenarbeit mit Samuel Beckett
herausgegeben von Elmar Tophoven und Klaus Birkenhauer.
Übertragen von Elmar Tophoven, Erika Tophoven
und Erich Franzen

Originaltitel: *Malone meurt*

Umschlagfoto: Frank Herrman/Camera Press, London

suhrkamp taschenbuch 2407
Erste Auflage 1995

Druck: Nomos Verlagsgesellschaft, Baden-Baden
Printed in Germany
Umschlag nach Entwürfen von
Willy Fleckhaus und Rolf Staudt

1 2 3 4 5 6 – 00 99 98 97 96 95

Malone stirbt

Roman

Ich werde endlich doch bald ganz tot sein. Vielleicht nächsten Monat. Es wäre dann April oder Mai. Denn das Jahr ist kaum vorgerückt, tausend kleine Anzeichen sagen es mir. Es kann sein, daß ich mich täusche und daß ich Johannis überlebe und sogar den 14. Juli, das Fest der Freiheit. Was sage ich, ich bin imstande, mich bis Christi Verklärung zu halten, wie ich mich kenne, oder bis Mariä Himmelfahrt. Aber ich glaube nicht, ich glaube mich nicht zu täuschen, wenn ich sage, daß diese Feste ohne mich stattfinden werden, dieses Jahr. Ich habe dies Gefühl, ich habe es seit einigen Tagen, und ich vertraue ihm. Aber worin unterscheidet es sich von denen, die mich irreführen, seit ich existiere? Nein, das ist eine Art Frage, die bei mir nicht mehr verfängt, ich brauche nichts mehr zu verniedlichen. Ich würde heute, an diesem Tage sterben, wenn ich wollte, ich brauchte nur ein wenig nachzuhelfen, wenn ich wollen könnte, wenn ich nachhelfen könnte. Nein, es ist ebensogut, mich sterben zu lassen, ohne etwas zu überstürzen. Es muß sich etwas geändert haben. Ich will nichts mehr in die Waagschale werfen, weder in die eine noch in die andere. Ich werde unbeteiligt und reglos sein. Es wird mir ein leichtes sein. Man muß dabei nur auf die Zuckungen achten. Ich zucke übrigens weniger, seit ich hier bin. Ich lehne mich von Zeit zu Zeit wohl noch ungeduldig auf. Aber dagegen muß ich mich jetzt wehren, vierzehn Tage lang, drei Wochen. Ohne jede Übertreibung natürlich, ruhig weinend und lachend, ohne mich aufzuregen. Ja, ich werde endlich natürlich sein, ich werde mal mehr leiden, dann weniger, ohne etwas daraus zu folgern, ich werde mir weniger zuhören, ich werde weder kalt noch warm sein, ich werde lau sein, ich werde lau sterben, ohne Enthusiasmus. Ich werde mir beim Sterben nicht zusehen, das würde alles verfälschen. Habe ich mir beim Leben zugesehen? Habe ich mich jemals beklagt? Warum sollte ich mich also jetzt freuen. Ich bin zufrieden, notgedrungen, aber nicht so sehr, daß ich in die Hände klatschte. Ich bin immer zufrieden gewesen, weil ich wußte, daß ich entschädigt würde. Jetzt ist er da, mein alter Schuldner. Ist es ein Grund, ihn zu feiern? Ich werde nicht mehr auf Fragen antworten. Ich werde auch versuchen, mir keine mehr zu stellen. Man wird mich begraben können, man wird mich nicht mehr an der Oberfläche sehen. Bis dahin werde ich mir Geschichten erzählen, wenn ich kann. Es wird nicht dieselbe Art Geschichten wie früher sein, das ist alles. Es werden weder schöne noch scheußliche Geschichten sein, sondern ruhige, es wird darin keine Häßlichkeit, keine Schönheit und kein Fieber mehr geben, sie werden beinahe leblos sein, wie der Erzähler. Was habe ich da gesagt? Das macht nichts. Ich verspreche mir viel Befriedigung davon, eine gewisse Befriedigung. Ich bin befriedigt, das ist es, ich bin erledigt, man entschädigt mich, ich brauche nichts mehr. Laßt mich zunächst sagen, daß ich niemandem verzeihe. Ich wünsche allen ein grausames Leben und dann die Flammen und das Eis der Höllen und bei den widerlichen Generationen der Zukunft ein ehrendes Andenken. Genug für heute abend.

Diesmal weiß ich, wohin ich gehe. Es ist nicht mehr die Nacht von ehemals, von neulich. Es ist jetzt ein Spiel, ich werde spielen. Ich habe bis jetzt nicht spielen können. Ich hatte Lust dazu, aber ich wußte, daß es unmöglich war. Ich habe mich trotzdem darum bemüht, oft. Ich machte überall Licht, ich schaute gut um mich, ich fing mit dem, was ich sah, zu spielen an. Die Leute und die Dinge tun nichts lieber als spielen, gewisse Tiere auch. Es fing gut an, sie kamen alle zu mir, zufrieden, daß man mit ihnen spielen wollte. Wenn ich sagte, jetzt brauche ich einen Buckligen, kam sogleich einer an, stolz auf den schönen Buckel, der seine Nummer vorführen sollte. Es kam ihm nicht in den Sinn, daß ich ihn auffordern könnte, sich auszuziehen. Aber es dauerte nicht lange, bis ich wieder allein war, ohne Licht. Deshalb verzichtete ich darauf,

spielen zu wollen, und machte mir für immer das Ungestaltete und Unausgesprochene zu eigen, die ziellosen Hypothesen, die Dunkelheit, die lange Wanderung mit ausgestreckten Armen, das Versteck. Das ist der Ernst, dem ich seit fast einem Jahrhundert sozusagen nie entsagt habe. Es ist jetzt vorbei, ich will nichts anderes mehr tun als spielen. Nein, ich will nicht mit einer Übertreibung beginnen. Aber ich werde einen großen Teil der Zeit spielen, hinfort, den größten Teil, wenn ich kann. Aber es wird mir vielleicht nicht besser gelingen als früher. Ich werde vielleicht plötzlich wieder verlassen sein wie früher, ohne Spielzeug, ohne Licht. Dann werde ich ganz allein spielen, ich werde so tun, als sähe ich mich. Daß ich einen solchen Plan habe ersinnen können, ermutigt mich.
Ich muß in der Nacht über meine Zeiteinteilung nachgedacht haben. Ich meine, daß ich mir vier Geschichten erzählen könnte, jede über ein anderes Thema. Eine über einen Mann, eine andere über eine Frau, eine dritte über irgendein Ding und schließlich eine über ein Tier, vielleicht über einen Vogel. Ich glaube nichts zu vergessen. Das wäre gut. Vielleicht bringe ich den Mann und die Frau in derselben Geschichte unter, der Unterschied ist so gering zwischen einem Mann und einer Frau, zwischen meinen, meine ich. Vielleicht habe ich nicht die Zeit, fertig zu werden. Andrerseits werde ich vielleicht zu früh fertig. Ich bin ja schon wieder in meinen alten Aporien. Sind es überhaupt Aporien, echte Aporien? Ich weiß nicht. Daß ich vielleicht nicht fertig werde, ist unwichtig. Wenn ich aber zu früh fertig werden sollte? Ist auch unwichtig. Denn ich werde dann von Dingen sprechen, die in meinem Besitz bleiben, es ist ein uralter Plan. Es wird eine Art Inventur werden. Auf jeden Fall muß ich es bis zu den allerletzten Momenten hinausschieben, damit ich sicher bin, mich nicht getäuscht zu haben. Es ist übrigens etwas, das ich bestimmt tun werde, was auch kommen mag. Ich brauche dafür höchstens eine Viertelstunde. Das heißt, ich könnte mehr Zeit dafür brauchen, wenn ich wollte. Wenn die Zeit aber knapp würde, im letzten Mo-

ment, so würde eine knappe Viertelstunde genügen, um meine Inventur zu machen. Ich will hinfort klar sein, aber nicht fanatisch, das gehört zu meinen Plänen. Es ist klar, daß ich plötzlich entschlafen könnte, von einem Augenblick zum anderen. Wäre es darum nicht besser, unverzüglich über meine Sachen zu sprechen? Wäre es nicht klüger? Selbst wenn ich nötigenfalls in letzter Minute Berichtigungen nachtragen müßte. Das rät mir die Vernunft. Aber die Vernunft läßt mich ziemlich kalt, momentan. Alles trägt zu meiner Ermutigung bei. Aber sterben, ohne ein Inventar zu hinterlassen, kann ich mich wirklich mit solcher Möglichkeit abfinden? Ich fange ja schon wieder an, Haare zu spalten. Es ist anzunehmen, daß ich mich damit abfinde, da ich ja das Risiko auf mich nehme. Mein ganzes Leben lang habe ich mir versagt, diese Bilanz zu ziehen, indem ich mir sagte, zu früh, zu früh. Nun ist es immer noch zu früh. Mein ganzes Leben lang habe ich von dem Augenblick geträumt, in dem ich, endlich wissend, woran ich wäre, soweit man das wissen kann, bevor man alles verloren hat, den Strich ziehen und summieren könnte. Dieser Augenblick scheint nahe bevorzustehen. Ich werde darum nicht etwa meine Kaltblütigkeit verlieren. Also zuerst meine Geschichten und zuallerletzt, wenn alles gut geht, mein Inventar. Und ich werde, damit ich sie nicht mehr sehe, mit dem Mann und der Frau beginnen. Es wird die erste Geschichte sein, für zwei reicht der Stoff nicht. Es wird also eigentlich nur drei Geschichten geben, die, die ich gerade angedeutet habe, dann die vom Tier, dann die vom Ding, wahrscheinlich von einem Stein. Das alles ist sehr klar. Anschließend werde ich mich mit meinen Sachen beschäftigen. Wenn ich danach noch lebe, werde ich das Nötige tun, um sicher zu sein, daß ich mich nicht getäuscht habe. Das steht nun fest. Früher wußte ich nicht, wohin ich ging, aber ich wußte, daß ich ankommen würde, daß die lange, dunkle Strecke geschafft würde. Was für Ungenauigkeiten, mein Gott. Na ja. Jetzt muß gespielt werden. Ich habe Mühe, mich an diesen Gedanken zu gewöhnen. Die alten Nebel rufen mich. Jetzt muß das Gegenteil gesagt werden. Denn ich fühle, daß ich diesen unverfehlbaren Weg vielleicht nicht bis zu Ende gehen werde. Ich bin aber zuversichtlich. Ich frage mich, ob ich nun im Begriff bin, Zeit zu verlieren oder zu gewinnen. Ich habe ebenfalls beschlossen, mir meine jetzige Lage kurz zu vergegenwärtigen, bevor ich mit meinen Geschichten beginne. Ich glaube, daß es falsch von mir ist. Es ist eine Schwäche. Aber ich werde sie durchgehen lassen. Ich werde anschließend mit um so mehr Eifer spielen. Es wird übrigens ein Gegenstück zum Inventar. Die Ästhetik steht also auf meiner Seite, eine gewisse Ästhetik jedenfalls. Denn ich werde wieder ernst werden müssen, um über meine Sachen sprechen zu können. Die mir bleibende Zeit ist also in fünf geteilt. In fünf was? Ich weiß nicht. Alles teilt sich durch sich selbst, nehme ich an. Wenn ich mich wieder daranmache, überlegen zu wollen, werde ich mein Hinscheiden verfehlen. Ich muß sagen, daß diese Aussicht etwas Anziehendes hat. Aber ich bin auf der Hut. Ich finde an allem etwas Anziehendes seit einigen Tagen. Kommen wir wieder auf die fünf zurück. Jetzige Lage, drei Geschichten, Inventar, das ist es. Einige Zwischenspiele sind nicht ausgeschlossen. Das ist ein Programm. Ich werde nur in dem Maße davon abweichen, als ich nicht anders kann. Das steht fest. Ich fühle, daß ich einen ungeheuren Fehler mache. Es macht nichts.

Jetzige Lage. Dieses Zimmer scheint mir zu gehören. Ich kann mir nicht anders erklären, daß man mich hier läßt. Seit so langer Zeit. Es sei denn, daß irgendeine Macht es wollte. Das ist nicht sehr wahrscheinlich. Warum sollten die Mächte ihre Einstellung zu mir geändert haben? Es ist besser, die einfachste Erklärung dafür anzunehmen, auch wenn sie nicht sehr einfach ist, auch wenn sie nicht viel erklärt. Die große Klarheit ist nicht erforderlich, ein schwaches Licht gestattet, im Unfaßbaren zu leben, ein kleines, treues Licht. Ich habe das Zimmer vielleicht beim Tode der Person, die vor mir hier war, geerbt. Ich forsche jedenfalls nicht weiter nach. Daß es nicht ein Zimmer in einem Hospital oder Irrenhaus ist, merkt man. Ich habe zu verschiedenen Tageszeiten gelauscht und hörte nie Verdächtiges oder Ungewöhnliches, sondern nur die friedlichen Geräusche freier Menschen beim Aufstehen, Zu-Bett-Gehen, Essen-Bereiten, Kommen und Gehen, Weinen und Lachen, oder aber nichts. Und wenn ich durchs Fenster schaue, dann erkenne ich wohl an gewissen Anzeichen, daß ich nicht in irgendeinem Erholungsheim bin. Nein, dies ist ein ganz einfaches Privatzimmer in einem offenbar gewöhnlichen Gebäude. Wie ich hierhergekommen bin, weiß ich nicht. In einer Ambulanz vielleicht, bestimmt mit irgendeinem Gefährt. Ich befand mich eines Tages hier, in diesem Bett. Da ich wahrscheinlich irgendwo das Bewußtsein verloren habe, kommt mir zwangsläufig eine Lücke in meinen Erinnerungen zugute, die erst hier bei meinem Erwachen wieder einsetzen. Was die Ereignisse anbetrifft, die zur Ohnmacht führten und die mich in jenem Augenblick wohl nicht unberührt ließen, so ist nichts davon übriggeblieben in meinem Kopf, nichts Faßbares. Aber wer hat solche Erinnerungslücken nicht gehabt? Gewöhnlich hat man sie nach durchzechten Nächten. Ich habe mich manchmal damit amüsiert, diese Ereignisse zu erfinden. Jedoch ohne daß es mir gelang, mich wirklich zu amüsieren. Es ist mir auch nicht gelungen, meine letzte Erinnerung vor meinem Erwachen hier zu präzisieren, um einen Ausgangspunkt daraus zu machen. Ich war sicher unterwegs, mein ganzes Leben lang war ich unterwegs, nur während der ersten Monate nicht und seitdem ich hier bin. Aber abends wußte ich weder, wo ich gewesen war, noch woran ich gedacht hatte. Woran könnte ich mich also erinnern und wodurch? Ich erinnere mich an eine Stimmung. Meine Jugend, so wie sie bisweilen vor mir auftaucht, ist abwechslungsreicher. Damals wußte ich mir noch nicht sehr gut zu helfen. Ich habe in einer Art Koma gelebt. Der Verlust des Bewußtseins war für mich eine Kleinigkeit. Aber vielleicht hat man mich halb totgeschlagen, in einem Wald vielleicht, ja, jetzt, wo ich Wald sage, erinnere ich mich dunkel an einen Wald. Das alles gehört der Vergangenheit an. Ich muß die Gegenwart feststellen, bevor ich gerächt werde. Es ist ein gewöhnliches Zimmer. Ich habe wenige Zimmer kennengelernt, aber dieses kommt mir gewöhnlich vor. Eigentlich könnte ich mich, wenn ich mich nicht sterben fühlte, schon für gestorben halten, beim Büßen oder in einer der Wohnungen des Himmels. Aber ich spüre endlich, daß meine Zeit bemessen ist. Vor knapp sechs Monaten stand ich noch mehr unter dem Eindruck des Jenseits. Wenn man mir vorausgesagt hätte, daß ich mich eines Tages so leben fühlen würde wie jetzt, hätte ich gelächelt. Man hätte es nicht bemerkt, aber ich hätte gewußt, daß ich lächelte. Ich entsinne mich gut der letzten Tage, sie hinterließen mir mehr Erinnerungen als die ungefähr dreißigtausend vorhergegangenen. Das Gegenteil wäre weniger überraschend gewesen. Wenn ich meine Inventur gemacht habe und mein Tod noch nicht bevorsteht, werde ich meine Memoiren schreiben. Nanu, ich habe einen Witz gemacht. Schon gut, schon gut. Da ist ein Schrank, in den ich nie geschaut habe. Meine Sachen liegen in einer Ecke, wie Kraut und Rüben. Mit meinem langen Stock kann ich darin wühlen, sie an mich heranziehen und sie wieder an ihren Platz schieben. Mein Bett steht nahe am Fenster. Ihm wende ich meistens mein Gesicht zu. Ich sehe Dächer und Himmel, auch ein Stück Straße, wenn ich mich anstrenge. Ich sehe weder Felder noch Berge. Sie sind aber in der Nähe. Was weiß ich eigentlich davon? Das Meer sehe ich auch nicht, aber ich höre es bei Sturmflut. Ich kann in ein Zimmer des gegenüberliegenden Hauses sehen. Da geschehen manchmal sonderbare Dinge. Die Leute sind sonderbar. Vielleicht handelt es sich um Anomale. Sie müssen mich ebenfalls sehen, meinen dicken, struppigen, an die Scheibe gepreßten Kopf. Ich habe nie so viele und nie so lange Haare gehabt wie jetzt, ich sage es ohne Furcht vor Widerspruch. Nachts sehen sie mich jedoch nicht, denn ich mache nie Licht. Ich habe mich hier ein wenig für die Sterne interessiert. Aber es gelingt mir nicht, mich darin zurechtzufinden. Als ich sie eines Nachts betrachtete, befand ich mich plötzlich in London. Ist es möglich, daß ich bis London vorgedrungen bin? Und was haben die Sterne mit dieser Stadt zu tun? Der Mond ist mir hingegen vertraut geworden. Ich kenne nun gut die Veränderungen seines Aussehens und seiner Bahn, ich kenne ungefähr die Stunden, in denen ich ihn am Himmel suchen kann, und die Nächte, in denen er nicht kommt. Was noch? Die Wolken. Sie sind sehr verschieden, wirklich sehr verschieden. Und allerlei Vögel. Sie kommen auf mein Fensterbrett geflogen und bitten um Futter! Es ist rührend. Sie klopfen mit ihren Schnäbeln an die Scheibe. Ich habe ihnen nie etwas gegeben. Aber sie kommen immer wieder. Was erhoffen sie? Es sind keine Aasgeier. Man läßt mich nicht nur hier bleiben, man versorgt mich sogar. Das geht nun folgendermaßen vor sich. Die Tür öffnet sich ein wenig, eine Hand stellt eine Schüssel auf das Tischchen, das zu diesem Zwecke dort steht, nimmt die Schüssel vom Tag vorher weg, und die Tür schließt sich wieder. Man tut das jeden Tag für mich, um die gleiche Zeit wahrscheinlich. Wenn ich mich stärken will, ziehe ich den Tisch mit dem Haken meines Stockes an mich heran. Er hat Rädchen, er rollt knirschend und schwankend im Zickzackkurs auf mich zu. Wenn ich ihn nicht mehr nötig habe, schiebe ich ihn wieder an die Tür. Es ist Suppe. Sie wissen sicher, daß ich keine Zähne mehr habe. Ich esse sie jeden zweiten, jeden dritten Tag, durchschnittlich. Wenn mein Nachttopf voll ist, stell ich ihn auf den Tisch neben die Schüssel. Dann bleibe ich also vierundzwanzig Stunden ohne Nachttopf. Nein, ich habe zwei Nachttöpfe. Man hat an alles gedacht. Ich liege nackt im Bett, lediglich in Decken gehüllt, deren Zahl ich der Jahreszeit gemäß vermehre oder verringere. Mir ist nie warm, nie kalt. Ich wasche mich nicht, ich mache mich ja nicht schmutzig. Wenn ich mich irgendwo schmutzig fühle, reibe ich die Stelle mit meinem speichelnassen Finger. Hauptsache, man ernährt sich und entleert sich, wenn man bestehen will. Nacht- und Eßgeschirr, das sind die beiden Pole. Anfangs gingen die Dinge anders vor sich. Die Frau kam ins Zimmer, lief geschäftig um mich herum und erkundigte sich nach meinen Nöten, meinen Wünschen. Es gelang mir immerhin, ihr meine Nöte und meine Wünsche verständlich zu machen. Es fiel mir schwer. Sie verstand mich nicht. Bis zu dem Tage, an dem ich die Worte, die Töne gefunden hatte, die ihrem Fall entsprachen. Das alles ist wohl zur Hälfte Einbildung. Sie war es, die mir den langen Stock besorgt hat. Er ist mit einem Haken versehen. Mit seiner Hilfe sind mir die entlegensten Ecken meiner Bleibe zugänglich. Wieviel verdanke ich wohl den Stöcken. Ich vergesse darüber beinahe die Schläge, die ich mit ihnen bekam. Sie ist eine alte Frau. Ich weiß nicht, warum sie gut zu mir ist. Ja, nennen wir es, ohne spitzfindig zu sein, Güte. Für sie ist es sicher Güte. Ich glaube, daß sie noch älter ist als ich. Sie hat sich nur weniger gut gehalten, trotz ihrer Beweglichkeit. Vielleicht gehört sie in irgendeiner Weise zum Zimmer. In diesem Falle bedarf sie keines besonderen Studiums. Es ist jedoch nicht ausgeschlossen, daß sie das, was sie tut, aus Nächstenliebe tut, oder in einem engeren Sinne aus Mitleid oder Zuneigung zu mir. Alles ist möglich, ich werde es am Ende selbst glauben. Aber es ist bequemer, anzunehmen, daß sie zum Zimmer gehört und mir zusammen mit dem Zimmer zugefallen ist. Ich sehe von ihr nicht mehr als die abgemagerte Hand und einen Teil des Ärmels. Nicht einmal, nicht einmal das. Sie ist mir vielleicht schon in den Tod vorangegangen, es ist jetzt vielleicht eine andere Hand, die mein Tischchen deckt und abräumt. Ich weiß nicht, wie lange ich hier bin, ich habe es wohl schon gesagt. Ich weiß nur, daß ich schon sehr alt war, bevor ich merkte, daß ich hier war. Ich meine neunzig, aber ich kann es nicht beweisen. Ich bin vielleicht nur fünfzig oder vierzig. Seit einer Ewigkeit lege ich keine Rechenschaft mehr darüber ab, über meine Jahre, meine ich. Ich weiß, in welchem Jahr ich geboren wurde, ich habe es nicht vergessen, ich weiß aber nicht, bei welchem Jahr ich jetzt angelangt bin. Aber ich glaube, daß ich seit geraumer Zeit hier bin. Denn ich weiß wohl, was die verschiedenen Jahreszeiten mir im Schutz dieser Wände antun können. So was lernt man nicht in ein oder zwei Jahren. Ganze Tage schienen mir zwischen Auf und Nieder meiner Augenlider zu vergehen. Ist noch etwas hinzuzufügen? Vielleicht ein paar Worte über mich. Mein Körper ist, was man vielleicht leichthin gebrechlich nennt. Er kann sozusagen nichts mehr. Ich bedaure manchmal, mich nicht mehr herumschleppen zu können. Aber ich neige wenig zur Sehnsucht nach der Ferne. Wenn meine Arme einmal richtig liegen, können sie noch eine gewisse Kraft entfalten, es fällt mir nur schwer, sie richtig zu lenken. Vielleicht ist der nucleus ruber blaß geworden. Ich zittere etwas, aber nur etwas. Das Klagelied des Bettgestells gehört zu meinem Leben, ich möchte nicht, daß es aufhört, ich meine, daß ich nicht möchte, daß es nachläßt. Auf dem Rücken liege ich am besten, so spüre ich die Knochen am wenigsten. Ich liege auf dem Rücken, aber meine Wange ruht auf dem Kopfkissen. Ich brauche nur die Augen zu öffnen, und der Himmel und der Dunst der Menschen sind wieder da. Ich sehe und höre sehr schlecht. Nur ab und zu wird die Ferne durch einen schwachen Abglanz beleuchtet, alle meine Sinne sind auf mich gerichtet. Stumm, finster und fade, gelte ich ihnen nichts mehr. Ich bin weit entfernt vom Rauschen des Blutes und des Atems, im Geheimfach. Ich werde nicht von meinen Leiden sprechen. Versenkt in ihre tiefsten Tiefen fühle ich nichts. Da sterbe ich, ohne daß mein stumpfsinniges Fleisch es merkt. Das, was man sieht, was schreit und zappelt, sind die Reste. Sie wissen nichts voneinander. Irgendwo in dieser Verwirrung hetzt der Geist sich ab, auch vergebens. Auch er sucht mich, wie seit jeher, da, wo ich nicht bin. Auch er kann sich nicht beruhigen. Ich habe genug davon. Er soll seine Sterbenswut an anderen auslassen, derweil ich ruhig sein werde. Das scheint meine Lage zu sein.

Der Mann heißt Saposcat. Wie sein Vater. Vorname? Ich weiß nicht. Er braucht keinen. Seine Bekannten nennen ihn Sapo. Welche? Ich weiß nicht. Einige Worte über seine Jugend. Es muß sein. Er war ein frühreifer Knabe. Er war nicht sehr begabt für die Studien und begriff nicht den Nutzen dessen, was man ihn lernen ließ. Er wohnte dem Unterricht mit abwesendem, ja leerem Geiste bei.

Er wohnte dem Unterricht mit abwesendem Geiste bei. Aber er liebte das Rechnen. Er liebte jedoch nicht die Art, in der man es lehrte. Es war der Umgang mit konkreten Zahlen, der ihm gefiel. Alles Rechnen, bei dem die Natur der Einheit nicht genau festgelegt wurde, kam ihm sinnlos vor. Er gab sich in der Öffentlichkeit und privatim dem Kopfrechnen hin. Und die Zahlen, die dann in seinem Kopf rangierten, erfüllten ihn mit Farben und Formen.

Wie langweilig.

Er war der Älteste. Seine Eltern waren krank und ärmlich. Er hörte sie oft darüber reden, was zu tun wäre, damit es ihnen gesundheitlich und geldlich besser ginge. Er staunte jedesmal über die Ungereimtheit dieser Gespräche und wunderte sich nicht darüber, daß sie keinerlei Folgen hatten. Sein Vater war Verkäufer in einem Warenhaus. Er sagte zu seiner Frau, Ich werde Arbeit suchen müssen für abends und samstagnachmittags. Er fügte mit ersterbender Stimme hinzu, Und für sonntags. Seine Frau antwortete, Wenn du noch mehr arbeitest, wirst du krank. Und Herr Saposcat gab zu, es sei in der Tat nicht richtig, sich sonntags nicht auszuruhen. So tun es die gemachten Leute. Er war aber nicht so leidend, daß er an den Abenden in der Woche und samstagnachmittags nicht hätte arbeiten können. Was für Arbeit? sagte seine Frau. Schreibarbeit vielleicht, antwortete er. Und wer kümmert sich um den Garten? sagte seine Frau. Das Leben der Saposcats war voller Grundsätze, von denen einer die sträfliche Sinnlosigkeit eines Gartens ohne Rosen mit schlecht gepflegten Rasen und Wegen festsetzte. Soll ich Gemüse anbauen, sagte er. Es ist billiger, wenn man es kauft, sagte sie. Sapo hörte sich diese Gespräche höchst verwundert an. Denk an den Preis des Mists, sagte seine Mutter. In der darauffolgenden Stille dachte Herr Saposcat mit dem Eifer, den er bei all seinem Tun aufwandte, über die hohen Mistpreise nach, die ihn hinderten, den Seinen ein etwas angenehmeres Leben zu bereiten, bis seine Frau sich ihrerseits beschuldigte, nicht das Maximum, dessen sie fähig wäre, zu leisten. Aber sie ließ sich leicht davon überzeugen, daß sie nicht mehr tun könnte, ohne ihr Leben aufs Spiel zu setzen. Denk an die Arztkosten, die wir sparen, sagte Herr Saposcat. Und die Arzneikosten, sagte seine Frau. Es blieb ihnen nichts anderes übrig, als eine bescheidenere Wohnung ins Auge zu fassen. Wir haben es doch schon so eng, sagte Frau Saposcat. Und darunter war zu verstehen, daß es jedes Jahr enger werden würde, bis zu dem Tage, an dem die Ankunft der Neugeborenen durch den Abschied der Ältesten wettgemacht und sich eine Art Gleichgewicht ergeben würde. Anschließend würde das Haus sich nach und nach leeren. Und schließlich würden sie allein sein mit ihren Erinnerungen. Dann wäre es an der Zeit, umzuziehen. Er würde im Ruhestand sein, sie am Ende ihrer Kräfte. Sie würden ein Häuschen auf dem Lande beziehen, wo sie sich den Mist, den sie dann nicht mehr brauchen würden, karrenweise leisten könnten. Ihre Kinder würden sie in Dankbarkeit für die ihnen gebrachten Opfer unterstützen. So endeten diese Überlegungen meistens mitten im schönsten Traum. Man hätte meinen können, daß die Saposcats ihre Lebenskraft in der Aussicht auf ihre Gebrechlichkeit schöpften. Aber manchmal beugten sie sich, bevor es so weit gekommen war, über den Fall ihres ältesten Sohnes. Wie alt ist er? fragte Herr Saposcat. Seine Frau gab ihm die Auskunft, es war abgemacht, daß dies ihre Sache sei. Sie irrte sich immer. Herr Saposcat übernahm seinerseits die falsche Zahl und wiederholte sie mehrmals, leise und verblüfft, als handelte es sich um die Preiserhöhung eines unentbehrlichen Nahrungsmittels, etwa Rindfleisch. Und gleichzeitig suchte er im Aussehen seines Sohnes Trost für das, was er gerade erfahren hatte. Handelte es sich wenigstens um ein schönes Stück? Sapo betrachtete das traurige, erstaunte, liebevolle, enttäuschte und doch vertrauende Gesicht seines Vaters. Dachte er an das erbarmungslose Schwinden der Jahre oder an die Zeit, die sein Sohn brauchte, um Gehaltsempfänger zu werden? Manchmal äußerte er überdrüssig sein Bedauern darüber, daß sein Sohn keinen größeren Eifer zeigte, sich nützlich zu machen. Es ist besser, daß er seine Examina vorbereitet, sagte seine Frau. Von einem gewissen Thema an mühten sich ihre Gehirne im Unisono ab. Dann unterhielten sie sich eigentlich nicht. Sie brauchten die Worte fast so wie der Zugführer seinen Signalstab oder seine Laterne. Oder aber sie sagten sich, Wir wollen hier aussteigen. War ihr Sohn einmal gemeldet, so fragten sie sich traurig, ob es nicht zum Wesen überlegener Geister gehöre, beim Schriftlichen zu versagen und sich beim Mündlichen lächerlich zu machen. Sie begnügten sich nicht immer damit, schweigend dieselbe Landschaft zu betrachten. Er ist wenigstens gesund, sagte Herr Saposcat. Nicht so sehr, sagte seine Frau. Es ist aber nichts Feststellbares, sagte er. Das fehlte gerade noch, in seinem Alter! sagte sie. Sie wußten nicht, warum er für einen freien Beruf bestimmt war. Auch das war etwas Selbstverständliches. Es war infolgedessen undenkbar, daß er dafür ungeeignet sei. Sie sahen ihn am liebsten als Arzt. Er wird uns pflegen, wenn wir alt sind, sagte Frau Saposcat. Und ihr Mann antwortete, Ich sehe ihn eher als Chirurgen, als ob die Leute von einem gewissen Alter an nicht mehr zu operieren wären.

Wie langweilig. Und so was nenne ich spielen. Ich frage mich, ob es nicht immer noch ich bin, um den es sich handelt, all meinen Vorkehrungen zum Trotz. Werde ich bis ans Ende unfähig sein, über etwas anderes zu lügen? Ich spüre, wie das Dunkel sich aufschichtet und die Einsamkeit sich ausbreitet, an denen ich mich erkenne, und wie die Unwissenheit mich lockt, die schön sein könnte und nur Feigheit ist. Ich weiß nicht mehr genau, was ich gesagt habe. Spielen kann man so was nicht nennen. Ich werde bald nicht mehr wissen, wo mein kleiner Sapo herkommt und was er erhofft. Ich würde diese Geschichte vielleicht besser auslassen und zur zweiten übergehen, oder sogar zur dritten, der vom Stein. Nein, das käme aufs Gleiche hinaus. Ich muß nur besser achtgeben. Ich werde gut über das vorher Gesagte nachdenken, bevor ich fortfahre. Jedesmal, wenn ein Zusammenbruch droht, werde ich anhalten, um meinen Zustand zu inspizieren. Gerade das wollte ich vermeiden. Aber das ist zweifellos die einzige Möglichkeit. Nach diesem Schlammbad würde ich mich besser mit einer Welt abfinden können, in der ich nicht auffallen würde. Was für eigenartige Überlegungen. Ich werde die Augen öffnen, ich werde mich zittern sehen, ich werde meine Suppe hinunterschlingen, ich werde das Häufchen meiner Sachen betrachten, ich werde meinem Körper die alten Befehle erteilen, von denen ich weiß, daß er sie nicht ausführen kann, ich werde mein verschlissenes Gewissen erforschen, ich werde meinen Todeskampf verpfuschen, um ihn besser zu erleben, schon fern der Welt, die sich endlich dehnt und mich durchläßt.

Ich habe versucht, über den Anfang meiner Geschichte nachzudenken. Es gibt da Dinge, die ich nicht verstehe. Aber es sind Kleinigkeiten. Ich brauche nur fortzufahren.

Sapo hatte keine Freunde. Nein, das geht nicht.

Sapo stand sich gut mit seinen Spielkameraden, ohne ausgesprochen beliebt bei ihnen zu sein. Selten ist der Faulpelz auch ein Einzelgänger. Er boxte und rang gut, war leichtfüßig, lästerte lustig über die Lehrer und gab ihnen sogar gelegentlich freche Antworten. Leichtfüßig? So was! Von Fragen durchbohrt, schrie er eines Tages, Ich sage Ihnen doch, daß ich es nicht weiß! Er verbrachte den größten Teil seiner Zeit in der Schule, weil er Strafarbeiten machen oder nachsitzen mußte, und kam oft erst gegen acht Uhr abends heim. Er ließ diese Schikanen gleichmütig über sich ergehen. Aber er ließ sich nicht schlagen. Als ein Lehrer sich mit Güte und Vernunft nicht mehr zu helfen wußte und zum erstenmal mit der Zuchtrute in der Hand auf Sapo zuging, riß er sie ihm aus den Händen und warf sie durchs Fenster, das geschlossen war, wegen des Winters. Das war ein Verweisungsgrund. Aber Sapo wurde nicht von der Schule verwiesen, weder damals noch später. Ich werde mit klarem Kopf nach den Gründen forschen, wegen deren Sapo nicht von der Schule verwiesen wurde, obwohl er es durchaus verdiente. Denn ich will so wenig Schatten wie möglich in seiner Geschichte. Ein wenig Schatten an sich macht im Augenblick nichts aus. Man denkt nicht mehr daran, man fährt fort, im Licht. Aber ich kenne den Schatten, er schichtet sich auf, verdichtet sich, zerplatzt dann plötzlich und vernichtet alles.

Ich habe nicht herausbekommen können, warum er nicht von der Schule verwiesen wurde. Ich werde gezwungen sein, diese Frage offenzulassen. Ich versuche, mich nicht darüber zu freuen. Ich werde meinen Sapo schnell dieser unbegreiflichen Nachsicht entziehen und ihn leben lassen, als ob er gebührend bestraft worden wäre. Wir wenden diesem Wölkchen den Rücken zu, aber wir werden es im Auge behalten. Es wird den Himmel nicht ohne unser Wissen bedecken, wir werden nicht unversehens auf freiem Felde, ohne jede Deckung, die Augen zu einem pechschwarzen Himmel erheben. Das steht fest. Ich sehe keine andere Lösung. Ich versuche, es so gut wie möglich zu machen.

Mit vierzehn Jahren war er ein wohlgenährter Knabe mit rosigem Teint. Er hatte dicke Gelenke, was seine Mutter zu der Feststellung veranlaßte, er würde eines Tages noch größer werden als sein Vater. Merkwürdige Schlußfolgerung. Aber das Auffallendste an ihm war sein dicker, runder Kopf mit dem blonden, harten, sich wie Borsten sträubenden Haar. Selbst seine Lehrer konnten nicht umhin, seinen Kopf intelligent zu finden, und es war ihnen um so peinlicher, nichts hineintrichtern zu können. Er wird uns alle eines Tages überraschen, sagte sein Vater, wenn er gut gelaunt war. Der Schädel Sapos war der Grund dafür, daß er diese Meinung hatte bilden und gegen alle Anstürme hatte aufrechterhalten können. Aber er ertrug den Blick seines Sohnes schlecht und ging ihm aus dem Wege. Er hat deine Augen, sagte seine Frau. Dann sehnte Herr Saposcat sich danach, allein zu sein, um seine Augen im Spiegel inspizieren zu können. Sie waren bläulich. In heller, sagte Frau Saposcat.

Sapo liebte die Natur, interessierte sich

Wie jämmerlich.

Sapo liebte die Natur, interessierte sich für die Tiere und die Pflanzen und hob gerne die Augen zum Himmel, bei Tag und bei Nacht. Aber er verstand nicht, diese Dinge zu erblicken, die Blicke, die er an sie verschwendete, ließen ihn nicht mit den Dingen bekannt werden. Er verwechselte die Vögel miteinander und die Bäume und konnte die Getreidearten nicht voneinander unterscheiden. Er assoziierte weder die Krokusse mit dem Frühling noch die Chrysanthemen mit dem Spätsommer. Die Sonne, der Mond, die Planeten und die Sterne waren für ihn keine Probleme. Diese sonderbaren und manchmal schönen Dinge, die er sein ganzes Leben lang um sich haben würde und die kennenzulernen es ihn bisweilen reizte, nahm er mit einer Art Freude hin, nichts davon zu verstehen, wie alles, was ihm unablässig zuraunte, Du bist ein Simpel. Er liebte jedoch den Flug des Sperbers und konnte ihn unter allen herauskennen. Regungslos folgte er mit den Augen den langen Gleitflügen, der zitternden Spannung, den zum Sturzflug angehobenen Flügeln, dem jähen Steigen, fasziniert von soviel Verlangen, Stolz, Geduld und Einsamkeit.

Ich werde noch nicht aufgeben. Ich habe meine Suppe gegessen und das Tischchen wieder an seinen Platz in der Nähe der Tür geschoben. Hinter einem der beiden Fenster des gegenüberliegenden Hauses hat man gerade Licht gemacht. Unter beiden Fenstern verstehe ich die, die ich immer sehen kann, ohne meinen Kopf vom Kissen zu erheben. Eigentlich sind es nicht zwei ganze Fenster, sondern ein ganzes und ein Teil des anderen. Hinter diesem zweiten hat man gerade Licht gemacht. Einen Moment habe ich die Frau sehen können, die auf und ab ging. Dann hat sie die Vorhänge zugezogen. Bis morgen werde ich sie nicht mehr sehen, vielleicht ihren Schatten von Zeit zu Zeit. Sie zieht die Vorhänge nicht immer zu. Der Mann ist noch nicht heimgekehrt. Ich habe gewisse Bewegungen von meinen Beinen verlangt, von meinen Füßen. Ich kenne sie so gut, daß ich die Mühe spüren konnte, die sie sich gaben, um mir zu gehorchen. Ich habe mit ihnen jene kurze Zeitspanne erlebt, die ein ganzes Drama enthält, von der empfangenen Botschaft bis zur hoffnungslosen Antwort. Für die alten Hunde kommt die Stunde, in der sie auf den Pfiff des Herrn, der im Morgengrauen mit dem Stock in der Hand auszieht, nicht mehr aufspringen können. Dann bleiben sie in der Hütte oder im Korb, obwohl sie nicht angekettet sind, und hören, wie die Schritte sich entfernen. Auch der Mann ist traurig. Aber die frische Luft und die Sonne trösten ihn bald, er denkt nicht mehr an seinen alten Gefährten, bis zum Abend. Die Lichter seines Hauses heißen ihn willkommen, und ein müdes Bellen veranlaßt ihn zu sagen, Es wird Zeit, daß er eine Spritze bekommt. Das ist eine schöne Stelle. Es wird gleich noch besser werden. Ich werde ein wenig in meinen Sachen herumwühlen. Dann werde ich den Kopf unter die Decken stecken.

Anschließend wird es besser gehen, für Sapo und für den, der ihm folgt, der ihm nur folgen und sich von ihm führen lassen will, über klare und leidliche Wege.
Die Ruhe und die Schweigsamkeit Sapos konnten kein Gefallen finden. Mitten im größten Durcheinander in der Schule und zu Hause blieb er regungslos an seinem Platz, oft stehend, und schaute mit seinen hellen und starren Möwenaugen gerade vor sich hin. Man fragte sich, wovon er so stundenlang träumen konnte. Sein Vater nahm an, er sei durch das Erwachen des Eros verwirrt. Mit sechzehn Jahren war ich genauso, sagte er. Mit sechzehn Jahren verdientest du schon deinen Lebensunterhalt, sagte seine Frau. Das ist wahr, sagte Herr Saposcat. Seine Lehrer hingegen hielten es nur für bloßen Stumpfsinn. Sapo ließ seinen Unterkiefer hängen und atmete durch den Mund. Man versteht nicht recht, wieso dieser Gesichtsausdruck unvereinbar mit erotischen Gedanken sein soll. Aber er dachte tatsächlich weniger an Mädchen als an sich, an sein eigenes Leben, an sein eigenes zukünftiges Leben. Das ist Grund genug für einen hellsichtigen und empfindsamen Jungen, den Unterkiefer hängen und seine Nase vorübergehend verstopft sein zu lassen. Aber ich werde mir zur größeren Sicherheit eine kurze Pause bewilligen.

Diese Möwenaugen machen mir zu schaffen. Sie erinnern mich an einen alten Schiffbruch, ich weiß nicht mehr an welchen. Es ist natürlich eine Kleinigkeit. Aber ich bin ängstlich geworden. Ich kenne diese Sätzchen, die nach nichts klingen und die einem, wenn man sie einmal durchgehen läßt, eine ganze Sprache verekeln können. *Nichts ist wirklicher als nichts.* Sie kommen aus der Tiefe und ruhen nicht, bis sie einen dort hineinreißen. Aber diesmal werde ich mich zu wehren wissen.

Dann bedauerte er, daß er nicht die Kunst des Denkens hatte lernen wollen, indem man zuerst den mittleren und dann den vierten Finger krümmt, um den Zeigefinger besser aufs Subjekt zu legen und den kleinen Finger aufs Verb, wie sein Lateinlehrer es verlangte, und daß er von dem Kauderwelsch der Zweifel, Wünsche, Einbildungen und Ängste, die in seinem Kopf herumtobten, nichts oder so wenig verstand. Und wenn ihm etwas weniger Kraft und Mut zuteil geworden wäre, hätte auch er aufgegeben und darauf verzichtet zu verstehen, wie er gemacht sei und leben könnte, und er hätte als Besiegter gelebt, blindlings, in einer unsinnigen Welt, unter Fremden.

Aus diesen Träumereien ging er ermüdet und blaß hervor, was seinen Vater in der Meinung bestärkte, er sei lasziven Phantasievorstellungen verfallen. Er müsse mehr Sport treiben, sagte er. Es geht weiter, es geht weiter. Man hatte mir gesagt, er wäre ein guter Sportler, sagte Herr Saposcat, und nun gehört er gar keiner Mannschaft mehr an. Seine Studien verlangen seine ganze Zeit, sagte Frau Saposcat. Und er ist immer der Schlechteste, sagte Herr Saposcat. Er macht gerne Wanderungen, sagte Frau Saposcat, die langen Wanderungen tun ihm gut. Herr Saposcat lachte dann höhnisch bei dem Gedanken, wie gut seinem Sohn die langen, einsamen Wanderungen täten. Und er ging in seiner Unbesonnenheit manchmal so weit zu sagen, Es wäre wahrscheinlich besser gewesen, ihn ein Handwerk lernen zu lassen. Wonach es üblich, wenn nicht sogar unvermeidlich war, daß Sapo sich zurückzog, während seine Mutter rief: Oh, Adrian, du hast ihn gekränkt!

Es geht weiter. Nichts gleicht mir weniger als dieser vernünftige und geduldige Junge, der sich, begierig auf den geringsten Schimmer und gefeit gegen die Verlockungen des Dunkels, ganz allein jahrelang abmüht, etwas klarer in sich zu sehen. Das ist so recht die leichte, dünne Luft, die ich brauchte, weit weg vom nährenden Nebel, der mich umbringt. Ich werde nur noch in dies Gerippe zurückkehren, um zu erfahren, welche Stunde geschlagen hat. Ich will kurz vor dem Tauchen da sein, ein letztes Mal die liebe alte Luke zuklappen, den Kammern, in denen ich lebte, adieu sagen und mit meinem Unterschlupf kentern. Sentimentaler Quatsch. Bis dahin aber habe ich Zeit, mich an Land zu ergehen, in jener biederen Gesellschaft, die ich immer gewünscht, immer gesucht habe und die mich nie haben wollte. Ja, ich bin jetzt ruhig, ich weiß, daß die Partie gewonnen ist, ich habe alle anderen verloren, aber auf die letzte kommt es an. Ich würde sagen, Das hast du fein gemacht, wenn ich nicht Angst hätte, mir zu widersprechen. Angst, mir zu widersprechen! Wenn das so weiter geht, werde ich mich verlieren und die tausend Wege, die dahin führen. Und ich werde jenen unseligen, unterm Gewicht ihrer erhörten Wünsche zerschmetterten Fabelwesen gleichen. Und ich spüre sogar, wie mich die seltsame Lust beschleicht, zu wissen, was ich tue und wozu, und es zu sagen. So berühre ich das Ziel, das ich mir in jungen Jahren gesteckt hatte und das mich hinderte zu leben. Und kurz bevor ich nicht mehr sein werde, gelingt es mir, ein anderer zu sein. Was gar nicht ohne ist.

Die großen Ferien. Morgens nahm er Privatstunden. Du wirst uns ruinieren, sagte Frau Saposcat. Das Geld ist so gut angelegt, antwortete ihr Mann. Nachmittags zog er los, mit den Büchern unterm Arm, weil er angeblich unter freiem Himmel besser arbeiten könne, nein, ohne Erklärung. Hatte er die Stadt verlassen, so versteckte er seine Bücher unter einem Stein und streifte durch die Felder. Es war die Jahreszeit, in der die Arbeiten der Bauern ihren Höhepunkt erreichen und deren langwieriges, verschwenderisches Licht nicht ausreicht für alles, was zu tun ist. Oft nützte man auch den Mondschein aus für eine letzte Fahrt zwischen den oft entlegenen Feldern und der Scheune oder Tenne oder zur Überprüfung und Vorbereitung der Maschinen für den nahen Morgen. Der nahe Morgen.

Ich bin eingeschlafen. Ich möchte aber nicht schlafen. Es gibt keinen Platz mehr für den Schlaf in meiner Zeiteinteilung. Ich möchte nicht – aber ich habe keine Erklärungen abzugeben. Das Koma ist für die Lebenden. Sie haben mich alle immer bedrängt, es ist nicht das richtige Wort, ich schaute ihnen vor Langeweile ächzend nach, dann tötete ich sie, oder ich versetzte mich in ihre Lage, oder ich floh. Ich fühle in mir die Glut dieser alten Raserei, aber ich weiß, daß sie mich nicht mehr entflammen wird. Ich stoppe alles und warte. Sapo bleibt, seine seltsamen Augen schließend, auf einem Bein stehen. Die Lichtwirbel, die ihn erhellen, gehen in eine absurde Erstarrung über. Die kleine Wolke, die an ihrer glorreichen Sonne vorbeizieht, wird die Erde ebenso lange verdunkeln, wie es mir gefällt.

Leben und erfinden. Ich hab's versucht. Ich muß es versucht haben. Erfinden. Es ist nicht das richtige Wort. Leben auch nicht. Das macht nichts. Ich hab's versucht. Während in mir das große Raubtier des Ernstes wütend, brüllend und mich zerfetzend hin und her schlich. Das habe ich getan. Ich habe auch ganz allein und wohlversteckt den Geck gespielt, ganz allein, stundenlang, regungslos, oft stehend und stöhnend wie ein Behexter. Das ist's, stöhne. Ich habe nicht spielen können. Ich drehte mich im Kreis, klatschte in die Hände, rannte, schrie, sah mich verlieren, sah mich gewinnen, frohlockend, leidend. Dann stürzte ich mich plötzlich auf die Spielsachen, wenn welche da waren, um sie zu zerstören, oder auf ein Kind, um sein Glück in Heulen zu verwandeln, oder ich floh, ich rannte weg, um mich zu verstecken. Sie verfolgten mich, die Großen, die Gerechten, sie holten mich ein, schlugen mich, drängten mich wieder in den Reigen, ins Spiel, in die Freude. Denn ich war schon dem Ernst verfallen. Das war meine ernste Krankheit. Ich wurde ernst geboren wie andere syphilitisch. Und ernsthaft habe ich versucht, es nicht mehr zu sein, zu leben, zu erfinden, ich weiß, was ich meine. Aber bei jedem neuen Anlauf verlor ich den Kopf, stürzte mich in meine Finsternis, als wäre sie mein Heil, und warf mich dem zu Füßen, der weder leben noch dies Schauspiel bei anderen ertragen kann. Leben. Ich spreche davon, ohne zu wissen, was es bedeutet. Ich habe mich daran versucht, ohne zu wissen, woran ich mich versuchte. Ich habe vielleicht doch gelebt, ohne es zu wissen. Ich frage mich, warum ich von alledem spreche. Ach ja, um mich zu zerstreuen. Leben und leben lassen. Es lohnt nicht mehr, den Worten den Prozeß zu machen. Sie sind nicht leerer als ihre Ladung. Nach dem Scheitern, der Tröstung, der Ruhe begann ich wieder, leben zu wollen, leben zu lassen, andere zu sein, in mir, in anderen. Wie falsch das alles ist. Ich habe nie meinesgleichen getroffen. Ich befasse mich jetzt mit dem Dringendsten. Ich begann wieder. Aber nach und nach mit einer anderen Absicht. Nicht mehr um zu gewinnen, sondern um zu scheitern. Es ist nicht genau dasselbe. Was ich erreichen wollte, indem ich mich zunächst aus meinem Loch und dann ins peitschende Licht unerschwinglichen Nahrungen entgegen schwang, waren die Ekstasen des Schwindels, des Loslassens, des Sturzes, des Untergangs, der Rückkehr zum Dunkel, zum Nichts, zum Ernst, nach Hause, zu dem, der mich stets erwartete, der mich brauchte und den ich brauchte, der mich in seine Arme nahm und mir sagte, ich solle nicht mehr fortgehen, der mir seinen Platz überließ und mich behütete, der jedesmal litt, wenn ich ihn verließ, den ich viel leiden ließ und kaum zufriedenstellte, den ich nie gesehen habe. Ich fange ja an, mich zu ereifern. Es handelt sich nicht um mich, sondern um einen anderen, der mir nicht das Wasser reichen kann und den ich zu beneiden versuche, dessen banale Abenteuer zu erzählen ich endlich imstande bin, ich weiß nicht wie. Ich habe auch nie von mir erzählen können, ebensowenig wie leben oder von den anderen erzählen. Wie sollte ich es getan haben, da ich es nie versuchte? Mich jetzt zu zeigen, kurz vorm Verschwinden, gleichzeitig mit dem Fremden, dank derselben Gnade, das würde nicht ohne Reiz sein. Dann leben, bis ich fühle, wie sich hinter meinen geschlossenen Augen andere Augen schließen. Welch ein Ende.

Der Markt. Die Unzulänglichkeit der Beziehungen zwischen den Landgebieten und der Stadt war dem vortrefflichen Knaben nicht entgangen. Er hatte diesbezüglich folgende Beobachtungen zusammengestellt, von denen die einen der Wahrheit vielleicht nahestanden und die anderen zweifellos weit davon entfernt waren.
Auf dem Gebiet der Ernährung waren in seiner Heimat die – nein, ich kann nicht.

Die Bauern. Seine Besuche bei den Bauern. Ich kann nicht. Im Hof versammelt, sahen sie ihn mit weichen, unsicheren Schritten fortgehen, als fühlten seine Füße kaum den Boden. Oft blieb er stehen, um nach einer Weile schwankenden Aufenthalts in ganz ungeahnte Richtungen weiterzugehen. In seinem Gang war etwas Schwebendes, Träges, die Erde schien ihn hin- und herzuwerfen. Und wenn er wieder aufbrach, nach einem Halt, so erinnerte er an eine dicke Flaumfeder, die ein Luftzug von der Stelle, wo sie niedergesunken war, fortreißt.

Ich habe etwas in meinen Sachen herumgestöbert, indem ich sie auseinanderschob und zu mir herzog, um sie besser zu sehen. Ich täuschte mich kaum in dem Glauben, sie alle beisammen zu haben, in meinem Kopf, und jederzeit davon sprechen zu können, ohne sie anzuschauen. Aber ich wollte sicher sein. Ich habe gut daran getan. Denn ich weiß nun, daß das Bild, das ich mir bis jetzt von diesen Dingen gemacht hatte, zwar im großen und ganzen, nicht aber im einzelnen stimmte. Ich möchte aber nicht diese einzigartige Gelegenheit versäumen, bei der eine Art Wahrheit als möglich erscheint und sich darum fast aufdrängt. Ich will, daß schließlich jedes Ungefähr von hier verbannt ist. Ich will, wenn der große Tag kommt, imstande sein, klar, ohne Hinzufügungen

und ohne Unterschlagungen alles zu verkünden, was das lange Warten auf ihn mir an materiellen Gütern eingebracht und gelassen hat. Es muß eine Zwangsvorstellung sein.
Ich sehe also, daß ich mir gewisse Dinge zugeschrieben hatte, die nicht mehr in meinem Besitz sind, wie ich sehe. Ob sie hinter ein Möbel gerollt sind? Das würde mich wundern. Kann beispielsweise ein Schuh hinter ein Möbel rollen? Und doch sehe ich nur einen einzigen Schuh. Und hinter welches Möbel? Es gibt in diesem Zimmer meines Wissens nur ein Möbel, das sich zwischen mich und meine Sachen drängen könnte, nämlich den Schrank. Aber er klebt so nahe an der Wand, an beiden Wänden, denn er steht in der Ecke, daß er eingebaut zu sein scheint. Sie werden mir vielleicht sagen, mein Schnürstiefel, denn es war eine Art Schnürstiefel, sei im Schrank. Ich hatte den gleichen Gedanken. Aber ich habe ihn besichtigt, den Schrank, mein Stock hat ihn besichtigt, indem er vielleicht zum erstenmal die Türen und die Schubladen öffnete und überall herumstocherte. Nichts. Und weit davon entfernt, meinen Schnürstiefel zu enthalten, ist der Schrank leer. Nein, diesen Schnürstiefel habe ich nicht mehr, ebensowenig wie gewisse weniger wertvolle Gegenstände, darunter einen hellglänzenden Zinkring, die ich bewahrt zu haben glaubte. Dagegen habe ich in dem Haufen das Vorhandensein von mindestens zwei oder drei Dingen entdeckt, an die ich nicht mehr dachte, und von denen mindestens eins, ein Pfeifenkopf, gar keine Erinnerung in mir wachruft. Ich erinnere mich nicht daran, jemals eine Tabakspfeife geraucht zu haben. Ich erinnere mich an die Seifenpfeife, mit der ich als Kind, bevor ich sie wegwarf, ganz bunt schillernde Blasen machte, etliche Blasen. Nicht so wichtig, dieser Pfeifenkopf gehört jetzt mir, ganz gleich wo er herkommt. Manche meiner Schätze sind von dieser Herkunft, vom Himmel gefallen. Ich habe auch ein kleines, in vergilbtes Zeitungspapier gewickeltes und verschnürtes Paket entdeckt. Es erinnert mich an etwas, aber an was? Ich habe es ganz nahe an mich herangezogen, neben das Bett, und habe es mit dem dik-

ken Ende des Stockes, den ich als Stößel benutzte, betastet, aber sachte. Und meine Hand begriff es, meine Hand begriff Weichheit und Leichtigkeit, besser, meine ich, als wenn sie befühlend und wägend direkt daran gerührt hätte. Ich habe es nicht aufmachen wollen, ich weiß nicht warum. Ich habe es wieder in die Ecke geschoben, mit dem Rest. Ich werde vielleicht im geeigneten Augenblick wieder darauf zurückkommen. Ich werde sagen, ich höre mich schon, Item, ein kleines Paket, weich und federleicht, in Zeitungspapier verschnürt. Es wird mein kleines Geheimnis sein, ganz für mich. Es ist vielleicht ein Lakh Rupien. Oder eine Haarsträhne.

Ich habe mir auch gesagt, daß ich voranmachen muß. Das wahre Leben duldet diese Umstandskrämerei nicht. Dort liegt lauernd das Böse wie der Gonokokkus in den Falten der Prostata. Ich hab's eilig. Von dort rollt eines Tages, wenn alles lacht und strahlt, die breite, tiefhängende, schwarze, unvergeßliche Wolkenfront heran und fegt das Himmelblau für immer weg. Meine Lage ist wirklich heikel. Was für schöne Dinge, wichtige Dinge werde ich aus Angst verpassen, aus Angst, in den alten Fehler zu verfallen, aus Angst, nicht rechtzeitig fertig zu werden, aus Angst, ein letztes Mal in einer letzten Welle aus Traurigkeit, Ohnmacht und Haß zu schwelgen. Es gibt mannigfaltige Formen, in denen das Unwandelbare sich darüber hinwegtröstet, formlos zu sein. O ja, ich neigte stets zu tiefschürfenden Gedanken, besonders zu Beginn des Jahres. Dieser quälte mich seit einigen Minuten. Ich wage zu hoffen, daß es der letzte ist, der so tief schürft. Eigentlich ist es nicht so wichtig, fertig zu werden, ich habe es wohl schon gesagt. Die bloße Anwandlung ist nichts besonders Ehrenrühriges. Aber handelt es sich darum? Die Möglichkeit besteht. Ich möchte nur, daß meine letzte bis zuletzt von Leben handelt, ich habe wohl meine Meinung geändert. Das ist alles. Ich weiß, was ich meine. Wenn das Leben entweicht, werde ich es merken. Ich will nur, bevor ich ihn aufgebe, von dem, der darin so gute Anfänge macht, wissen, daß nur mein Tod ihn hindert, weiterzumachen, zu siegen, zu verlieren, zu genießen, zu leiden, zu verderben und zu sterben, und daß, selbst wenn ich lebendig wäre, er gewartet hätte, um tot zu sein, bis sein Körper es wäre. Das nennt man, seine Ansprüche mäßigen.

Mein Körper entschließt sich noch nicht. Aber ich glaube, daß er schwerer auf der Matratze lastet, breiter und flacher. Wenn ich wieder zu Atem komme, erfüllt er das Zimmer mit seinem Geräusch, ohne daß meine Brust sich dabei mehr bewegte als die eines schlafenden Kindes. Ich mache die Augen auf und betrachte lange, ohne zu blinzeln, so wie ich als kleines, ganz kleines Kind die Novitäten und anschließend die Antiquitäten bewunderte, den nächtlichen Himmel. Zwischen ihm und mir die vom Schmutz der Jahre matt gewordene, geäderte Scheibe. Ich würde gerne darauf hauchen, aber sie ist zu weit weg. Das ist nicht wahr. Nicht so wichtig, mein Atem würde sie nicht trüben. Es ist eine Nacht wie sie Kaspar David Friedrich liebte, stürmisch und klar. Daß mir der Name wieder einfällt und die Vornamen. Die vom Wind zerrissenen Wolkenfetzen jagen über einen hellen Hintergrund. Wenn ich Geduld hätte, würde ich den Mond sehen. Aber ich werde keine Geduld haben. Jetzt, nachdem ich dies gesehen habe, höre ich den Wind. Ich schließe die Augen, und er wird eins mit meinem Atem. Wörter und Bilder wirbeln in meinem Kopf, quellen unerschöpflich hervor, jagen einander, gehen ineinander auf und zerreißen sich. Aber über diesem Tumult herrscht große Ruhe und Gleichmut. Nichts wird jemals wirklich darin eingreifen. Die Matratze ist ausgehöhlt wie ein Trog. Ich liege in der Tiefe, eingezwängt zwischen zwei Abhängen. Ich drehe mich etwas herum, drücke meinen Mund, meine Nase ans Kopfkissen, quetsche meine alten, jetzt wohl schneeweißen Haare daran und ziehe die Decke über meinen Kopf. Ich spüre tief im Rumpf, ich kann es nicht deutlicher ausdrücken, Schmerzen, die neu zu sein scheinen. Ich glaube, daß sie vor allem im Rücken stecken. Sie sind sozusagen rhythmisch, sie haben sogar eine Art kleine Melodie. Sie sind bläulich. Wie erträglich das alles ist, mein Gott. Ich habe den Kopf fast ganz nach hinten gedreht, wie ein Vogel. Ich bewege die Lippen auseinander, jetzt habe ich das Kissen im Mund, ich fühle es an meiner Zunge, an meinem Zahnfleisch. Ich habe, ich habe. Ich sauge. Ich habe aufgehört, mich zu suchen. Ich bin im Universum versunken, ich wußte, daß ich darin eines Tages meinen Platz finden würde, das alte Universum beschützt mich, triumphierend. Ich bin glücklich, ich wußte, daß ich eines Tages glücklich sein würde. Aber ich bin nicht weise. Denn es scheint mir, daß es weise wäre, wenn ich mich jetzt, in diesem Augenblick des Glücks, gehen lassen würde. Was tue ich aber? Ich wende mich wieder dem Licht zu, den Feldern, die ich so gerne geliebt hätte, dem Himmel, an dem weiße, flockenleichte Wölkchen schweben, dem Leben, das ich nicht zu nehmen verstand, aus eigener Schuld vielleicht, aus Stolz oder aus Kleinmut, aber ich glaube nicht. Die Tiere weiden, die Sonne wärmt die Felsen und läßt sie erglänzen. Ja, ich verlasse mein Glück und wende mich wieder den Menschen zu, die auf und ab gehen, oft mit ihren Bürden. Ich habe sie vielleicht falsch beurteilt, aber ich glaube nicht. Ich habe sie übrigens gar nicht beurteilt. Ich will nur ein letztes Mal versuchen zu verstehen, beginnen zu verstehen, wie solche Wesen möglich sind. Nein, es handelt sich nicht darum zu verstehen. Worum also? Ich weiß nicht. Ich werde doch hingehen. Ich sollte es nicht tun. Die Nacht, das Gewitter, das Unglück, die Katalepsien der Seele, diesmal werde ich merken, wie gut das alles ist. Es ist noch nicht alles gesagt zwischen mir und – doch, es ist alles gesagt. Vielleicht habe ich nur Lust, es noch einmal sagen zu hören. Noch einmal, ein kleines Mal. Ach nein, ich habe zu nichts Lust.

Die Louis. Die Louis hatten es schwer zu leben, ich meine mit dem Geld auszukommen. Da waren der Mann, die Frau und zwei Kinder, ein Junge und ein Mädchen. Das ist wenigstens etwas, woran nicht zu rütteln ist. Man nannte den

Vater den langen Louis, und er war es auch. Er war schon mehrmals verheiratet gewesen, bevor er mit einer jungen Kusine den Hausstand gründete, in dem er noch drinsteckt. Er hatte noch andere Kinder, anderswo, Männer und Frauen, die im Leben versackt waren und nichts mehr erhofften, weder von sich noch von anderen. Sie griffen ihm unter die Arme, jedes im Rahmen seiner Möglichkeiten, der Laune des Augenblicks folgend, aus Dankbarkeit gegenüber dem, ohne den sie nie das Licht der Welt erblickt hätten, oder indem sie sich verständnisvoll sagten, wäre er es nicht gewesen, so wäre es ein anderer gewesen. Der lange Louis hatte alle seine Zähne verloren und rauchte seine Zigaretten in einer Zigarettenspitze, wobei er seiner Pfeife nachtrauerte. Er hatte den Ruf eines guten Schlächters und Schweinemetzgers und war sehr begehrt, ziemlich begehrt, als solcher, denn er nahm weniger als der Fleischer und begnügte sich sogar oft mit einem Rollschinken oder etwas Preßkopf als ganzem Entgelt. Wie wahrscheinlich das alles ist. Denn er liebte diese Arbeit und war stolz, sie so gut verrichten zu können, so kunstgerecht, kraft des Geheimnisses, das sein Vater ihm überliefert hatte und als dessen letzten Hüter er sich betrachtete. Er sprach oft mit Zärtlichkeit und Ehrerbietung von seinem Vater. Es wird nie wieder seinesgleichen geben, sagte er, wenn ich einmal nicht mehr sein werde. Er muß es anders gesagt haben. Louis' große Tage fielen also in den Dezember und Januar, und ab Februar erwartete er ungeduldig die Wiederkehr dieser Jahreszeit, deren Hauptereignis unbestreitbar die Geburt des Erlösers ist, in einem Stall, wobei er sich fragte, ob er das noch erleben würde. Dann zog er los. Unterm Arm, in ihrer Dose, trug er die Messer, die er abends vorher lange am Kamin gewetzt hatte, und in seiner Tasche, in einem Papier, die Schürze, die seinen besten Anzug während der Arbeit schützen sollte. Und bei dem Gedanken, daß er, der lange Louis unterwegs nach jenem fernen Bauernhof war, wo man ihn erwartete, und daß man ihn, der konnte, was die Jungen nicht konnten, trotz seines hohen Alters noch brauchte, erzitterte sein altes Herz in seinem Käfig. Von diesen Ausflügen kehrte er spät in der Nacht heim, berauscht und erschöpft von dem langen Marsch und von der Aufregung. Und tagelang sprach er nur von dem Schwein, das er hinüberbefördert hatte, ich würde sagen, ins Jenseits, wüßte ich nicht, daß die Schweine nur das Diesseits haben, was seine Familie schrecklich langweilte. Aber sie wagten nicht, ihm etwas zu sagen, denn sie fürchteten ihn. Ja, in dem Alter, in dem die meisten Leute sich ganz klein machen, als wollten sie sich entschuldigen, daß sie noch da sind, erregte Louis Furcht und führte sich auf, wie es ihm gefiel. Sogar seine junge Frau hatte darauf verzichtet, ihm, gestützt auf ihr Ding, jenen Haupttrumpf junger Frauen, den Wind aus den Segeln zu nehmen. Denn sie wußte, was er tun würde, wenn sie ablehnte, es ihm willig etwas zu öffnen. Und er verlangte sogar, daß sie ihm die Aufgabe erleichterte, und zwar auf eine Weise, die ihr oft übertrieben vorkam. Und beim geringsten Zeichen der Auflehnung ihrerseits holte er den Knüppel aus der Waschküche und schlug sie, bis sie ihren Fehler einsah. Das sei nebenbei erwähnt. Und um auf die Schweine zurückzukommen, Louis fuhr fort, den Seinen abends beim Kerzenschein von dem zu erzählen, das er gerade geschlachtet hatte, bis zu dem Tag, an dem man ihn aufforderte, ein anderes zu schlachten. Dann drehte sein Gespräch sich ganz um das letzte, von dem anderen in jeder Hinsicht so verschiedene, derart verschiedene und doch im Grunde gleiche Schwein. Denn alle Schweine sind gleich, wenn man sie gut kennt, sie schlagen um sich, quieken, bluten, quieken, schlagen um sich, stöhnen und werden beinahe in der gleichen Weise ohnmächtig, in einer Weise, die nur ihnen eigen ist, und in der es ein Lamm, beispielsweise, oder ein Zicklein nicht könnte. Aber ab März beruhigte sich der lange Louis und wurde wieder schweigsam. Und ab Ende November wartete seine Familie ungeduldig, daß die Zeit des Miststreuens und Bohnenpflanzens käme.

Der Sohn oder Erbe war ein großer Bursch mit schrecklich schlechten Zähnen. Edmond.
Der Hof. Der Hof der Louis' lag in einer Mulde, die winters ein Sumpfloch und sommers ein Glutofen war. Über eine schöne Weide gelangte man dorthin. Aber diese schöne Weide gehörte nicht den Louis, sondern anderen Bauern, die weit davon entfernt wohnten. Dort blühten gelbe und weiße Narzissen in Hülle und Fülle, während der entsprechenden Jahreszeit. Louis trieb listig seine Ziegen darüber, bei Anbruch der Nacht.
Merkwürdig war nur, daß Louis, der ein Händchen für das Abstechen der Schweine hatte, für ihre Aufzucht keins hatte, und es kam selten vor, daß sein eigenes Schwein über sechzig Kilogramm erreichte. Es blieb in dem kleinen Koben, in dem es bei seiner Ankunft im April eingesperrt wurde, bis zu seinem Todestag, kurz vor Weihnachten. Denn, obwohl seine Meinung jedes Jahr widerlegt wurde, beharrte Louis darauf, für seine Schweine die zehrenden Wirkungen jeden Auslaufs zu fürchten. Er fürchtete für sie ebenfalls das Tageslicht und die frische Luft. Und es war letzten Endes ein schwaches, blindes und mageres Schwein, das er rücklings mit gefesselten Haxen in den Kübel legte und hingerissen, ohne sich jedoch zu beeilen, tötete, wobei er ihm mit lauter Stimme seine Undankbarkeit vorwarf. Und er konnte und wollte nicht begreifen, daß nicht das Schwein schuld daran war, sondern er selbst, der es zu sehr verhätschelt hatte. Und er beharrte auf seinem Irrtum.

Tote Welt, ohne Wasser, ohne Luft. Das ist es, deine Erinnerungen. Dann und wann, im Grunde eines Talkessels, der Schatten einer welken Flechte. Und Nächte von dreihundert Stunden. Teuerste aller Klarheiten, pockige Mattscheibe, dünkelloseste aller Klarheiten. Was für Ergüsse. Ob es wohl fünf Minuten oder zehn Minuten gedauert hat? Ja, nicht mehr, kaum mehr. Aber er leuchtet noch davon, mein Himmelsstreifen. Früher zählte ich, zählte ich bis dreihundert, vierhundert und auch bei anderen Dingen, bei den Regengüssen, beim Läuten, beim morgendlichen Schwatzen der Spatzen, zählte ich, oder für nichts, um zu zählen, dann dividierte ich durch sechzig. Das vertrieb die Zeit, ich war die Zeit, ich aß das Universum. Jetzt nicht mehr. Man ändert sich. Beim Altwerden.

In der schmutzigen Küche mit dem Lehmboden hatte Sapo seinen Platz nahe beim Fenster. Der lange Louis und sein Sohn legten die Arbeit nieder, kamen, um ihm die Hand zu drücken, gingen dann wieder und ließen ihn mit der Mutter und der Tochter allein. Aber auch sie hatten zu tun, auch sie verließen ihn. Es war so viel zu tun, es gab so wenig Zeit, so wenig Hände. Die Frau, die mal eben zwischen zwei Gängen, oder mitten in einem innehielt, hob die Arme zum Himmel, um sie, übermannt von den Anforderungen ihres hohen Gewichts, sofort wieder herunterplumpsen zu lassen. Dann ließ sie sie, jeden für sich, schwierig zu beschreibende Bewegungen ausführen, deren Bedeutung nicht sehr klar war. Sie spreizte sie von ihren Hüften, ich würde sagen kreiste sie, wenn ich den Geist eurer Sprache noch mehr verkennen würde. Es hatte etwas von der seltsamen, zugleich jähzornigen und ungelenken Geste des Armes, der einen Lappen oder einen Lumpen am Fenster schüttelt, damit der Staub herausfällt. So schnell schlotterten die leeren und weichen Hände, daß es davon vier oder fünf am Ende jedes Arms zu geben schien. Gleichzeitig stieß sie wütende, nicht zu beantwortende Fragen hervor, wie etwa, Wozu denn? Ihr Haar löste sich und fiel um ihr Gesicht herum. Es war dicht, grau und schmutzig, denn sie hatte keine Zeit, sich darum zu kümmern, und das Gesicht war blaß und mager und wie ausgehöhlt von den Sorgen und der sich daraus ergebenden Bitterkeit. Die Brust – nein, es kommt auf den Kopf und die Arme an, die sie als erste zu Hilfe ruft, die sich kreuzen, gestikulieren und dann traurig die Arbeit wieder aufnehmen, indem sie die alten, müßigen

Dinge aufheben, woanders hinstellen, einander nähern oder auseinanderrücken. Aber diese Pantomime und diese Stoßseufzer waren für keinen Lebenden bestimmt. Denn jeden Tag und mehrmals am Tag überkam es sie, im Haus und auf den Feldern. Dann kümmerte sie sich nicht darum, ob sie allein war oder nicht, ob das, was sie gerade tat, dringend war oder warten konnte. Sondern sie ließ alles liegen und stehen und fing an zu schreien und zu gestikulieren, mutterseelenallein wahrscheinlich und gleichgültig gegenüber dem, was um sie herum geschah. Dann schwieg sie und blieb einen Moment regungslos, bevor sie die Arbeit, die sie liegen gelassen hatte, wieder aufnahm oder sich auf eine andere stürzte. Sapo blieb allein, nahe beim Fenster, mit der Schale Ziegenmilch vor sich auf dem Tisch, vergessen. Es war Sommer. Das Zimmer blieb dunkel, obwohl die Tür und das Fenster für das helle Tageslicht von draußen offen standen. Durch diese schmalen und weit auseinander liegenden Öffnungen floß die Helligkeit, ließ einen kleinen Raum erglänzen und erstarb, ohne sich ausgebreitet zu haben. Dies war nichts Feststehendes, für die Dauer des Tages Gesichertes. Das Tageslicht war nirgendwo in dem Zimmer so, wie es draußen überall war, ruhig und zusammenhängend zwischen Himmel und Erde. Aber es drang hier unaufhörlich ein, von draußen nachgeliefert und erneuert, es drang hier unaufhörlich ein und starb hier, wo es nach und nach vom Schatten verschlungen wurde. Und wenn der Nachschub nur etwas nachließ, wurde das Zimmer immer dunkler, bis nichts mehr darin zu sehen war. Denn der Schatten hatte gesiegt. Und Sapo hatte, der rötlichgelben Erde zugewandt, die ihm in den Augen weh tat, in seinem Rücken und rund um sich herum den unbesiegbaren Schatten, der auch um sein erhelltes Gesicht kroch. Manchmal drehte er sich brüsk danach um, setzte sich ihm aus, badete sich darin, mit einer Art Erleichterung. Dann hörte er den Lärm der Beschäftigten besser, des Mädchens, das hinter den Ziegen herschrie, des Vaters, der seinen Maulesel beschimpfte. Aber in der

Tiefe des Schattens war Stille, Stille des Staubes und der Dinge, die sich nicht rühren würden, hinge es nur von ihnen ab. Und das Ticktack des Weckers, den er nicht sah, war wie die Stimme der Stille, die ihrerseits, wie der Schatten, eines Tages siegen würde. Und dann würde alles still und dunkel sein, und die Dinge würden an ihrem Platz stehen für immer, endlich. Endlich kramte Sapo die paar kümmerlichen Geschenke, die er mitgebracht hatte, aus seinen Taschen, legte sie auf den Tisch und ging fort. Aber es kam manchmal vor, daß sich, bevor er sich entschied zu gehen, vielmehr bevor er ging, denn es gab keine Entscheidung, ein Huhn, die offene Tür ausnützend, ins Zimmer wagte. Wenn es kaum die Schwelle überschritten hatte, hielt es mit einem Bein in der Luft, den Kopf zur Seite, mit zwinkernden Augenlidern lauernd inne. Dann wagte es sich ermutigt, ruckweise mit harmonikaartigen Halsbewegungen voran. Es war ein graues Huhn, vielleicht immer dasselbe. Sapo kannte es schließlich genau und es schien ihm, daß er ihm auch bekannt sei. Wenn er aufstand, um zu gehen, regte es sich nicht auf. Aber es mochte mehrere davon geben, lauter graue und dazu einander so sehr ähnelnde, daß Sapos auf Ähnlichkeiten versessenes Auge sie nicht auseinanderhalten konnte. Manchmal folgte ihm ein zweites, ein drittes und sogar ein viertes, die alle sehr verschieden von ihm und untereinander ziemlich verschieden waren, was ihr Gefieder und ihre Konturen anbetraf. Diese zeigten sich weniger scheu als das graue, das als erstes hereingekommen war und dem nichts geschehen war. Nachdem sie einen Augenblick am Eingang grell beleuchtet waren, verwischte sich ihr Bild mehr und mehr in dem Maße, als sie voranschritten und dann verschwanden. Nach anfänglichem Stillschweigen, aus Furcht, sich zu verraten, fingen sie allmählich an, zu kratzen und zufrieden zu glucksen und ihre gesträubten Federn zu entspannen. Aber oft kam nur das graue allein, oder eines der grauen, wenn man so will, denn das ist etwas, was man nie wissen wird, obwohl es leicht gewesen wäre, sich darüber Klarheit zu verschaffen, wenn man sich ein wenig Mühe gegeben hätte. Es hätte genügt, in dem Augenblick dort zu sein, wo alle Hühner von allen Seiten auf Frau Louis zuliefen, die Piepiepiepiepiepiep! rief und dabei mit einen alten Löffel auf eine alte Büchse schlug, um zu wissen, ob nur ein einziges graues Huhn da war oder mehrere. Aber welchen Zweck hätte das eigentlich gehabt? Denn es konnte sehr gut sein, daß mehrere graue Hühner da waren und daß es nichtsdestoweniger immer dasselbe war, das in die Küche kam. Und doch hätte man den Versuch machen sollen. Denn es war sehr gut möglich, daß nur ein graues Huhn da war, auch in der Futterzeit. Was entscheidend gewesen wäre. Und doch ist dies etwas, das man nie wissen wird. Denn von denen, die es wußten, sind die einen gestorben und die andern haben es vergessen. Und an dem Tage, an dem Sapo sich unbedingt Klarheit verschaffen wollte, war es schon zu spät. Da fing er an zu bedauern, nicht früh genug, um davon profitieren zu können, erkannt zu haben, welche Bedeutung diese Aufenthalte in der Küche der Louis eines Tages für ihn haben würden, wo er, weder ganz drinnen noch ganz draußen, darauf wartete, neuerlich auf und unterwegs zu sein, und unterdessen gar manches unbekümmert vermerkte, darunter jenen dicken, ängstlichen, aschgrauen Vogel, der unentschlossen im Lichte der Schwelle stand, dann gluckste, hinterm Herd scharrte und seine Flügelstümpfe auf und ab bewegte, den man mit lautem Geschrei und Besenhieben verjagen würde, und der vorsichtig, mit kurzen, zögernden Schritten, oft anhaltend und lauschend, seine kleinen schwarzen, aber doch glänzenden Augen auf- und zuklappend, wiederkommen würde. Und Sapo ging nichtsahnend in dem Glauben fort, unbedeutenden, ganz banalen Ereignissen beigewohnt zu haben. Er bückte sich, um durch die Türe zu gehen, und sah vor sich den Brunnen mit seiner Winde, seiner Kette und einem Eimer, und oft auch eine lange Leine mit zerlumpter Wäsche, die schwankend in der Sonne trocknete. Er ging über den schmalen Weg, über den er gekommen war, das heißt am Rande der Weide entlang, im Schatten der hohen Bäume, die am Ufer des Baches standen, dessen Bett ein Gewirr aus knorrigen Wurzeln, Steinen und hartgewordenem Schlamm war. Und so entfernte er sich oft unbemerkt, trotz seines sonderbaren Ganges, seiner Aufenthalte und seiner Seitensprünge. Oder die Louis sahen ihn, von weitem oder aus der Nähe, oder die einen von weitem und die anderen aus der Nähe, hinter der Wäsche auftauchen und den Pfad einschlagen, ohne daß sie versuchten, ihn zurückzuhalten oder ihm adieu nachzurufen, und ohne daß sie wegen dieses augenscheinlich wenig freundlichen Aufbruchs gekränkt waren, denn sie wußten, daß keine schlechte Absicht dahinter steckte. Oder, wenn sie im ersten Augenblick nicht umhin konnten, ihm ein wenig böse zu sein, so war das ein Gefühl, das bald darauf angesichts des zerknitterten, einige Kurzwaren enthaltenden Papiers auf dem Küchentisch, wieder verging. Und diese bescheidenen, so nützlichen Geschenke, und die feinsinnige Weise, etwas zu geben, beschwichtigten sie ebenfalls vor der Schale Ziegenmilch, die nur halb geleert oder unberührt geblieben war, und hinderten sie, darin eine Beleidigung zu erblicken, wie die Tradition es wollte. Wenn man es sich aber recht überlegt, so konnte ihnen Sapos Aufbruch nur selten entgehen. Denn die geringste Bewegung in der Nähe ihrer Felder, sei es nur die eines sich niedersetzenden oder fortfliegenden Vogels, ließ sie aufblicken und weit die Augen öffnen. Und selbst auf der Straße, die streckenweise auf mehr als eine Meile sichtbar war, konnte sich nichts ohne ihr Wissen ereignen, und sie waren nicht nur imstande, die Personen, die dort vorbeigingen, und die die Entfernung auf die Ausmaße eines Nadelkopfes zusammenschrumpfen ließ, zu erkennen, sondern auch zu erraten, woher sie kamen, wohin sie gingen und in welcher Absicht. Dann riefen sie sich die Neuigkeit zu, denn sie arbeiteten oft weit voneinander entfernt oder sie gaben sich Zeichen, indem sie alle aufrecht dem Ereignis zugewandt standen – denn es war eines –, bevor sie sich von neuem über Mutter Erde beugten. Und bei der ersten Pause, die sie rund um den Tisch oder anderswo vereinigte, sagte jeder, wie er es aufgefaßt hatte und hörte die Auffassungen der anderen an. Und wenn sie nicht von vornherein einig waren über das, was sie gesehen hatten und dessen Bedeutung, so redeten sie ernsthaft miteinander, bis sie es waren, ich meine einig, oder sie verzichteten darauf, für immer. Es war also schwer für Sapo, sich unbemerkt fortzuschleichen, sogar im Schatten der Bäume, die am Ufer des Baches standen, wenn er überhaupt fähig gewesen wäre, sich fortzuschleichen, denn er erweckte vielmehr den Anschein, in einem Schlammloch herumzuplanschen. Und alle blickten auf, schauten ihm nach und schauten sich dann gegenseitig an, bevor sie sich von neuem über die Erde beugten. Und über jedes der Erde zugeneigte Gesicht huschte vielleicht ein leichtes Lächeln, das eigentlich gar keines war, vielmehr ein kurzer, aber nicht böswilliger Krampf, und jeder fragte sich vielleicht, ob die anderen das gleiche empfänden, und nahm sich vor, sich bei der nächsten Zusammenkunft danach zu erkundigen. Aber das Gesicht Sapos, der sich stolpernd entfernte, bald im Schatten jahrhundertealter Bäume, deren Gattung er nicht kannte, bald in der Helle des freien Feldes, so unschlüssig war sein Gang, das Gesicht Sapos war ernst wie immer oder vielmehr ausdruckslos. Und wenn er stehenblieb, tat er es nicht, um besser nachzudenken, oder um besser seinen Traum zu betrachten, sondern einfach darum, weil die Stimme, die ihm weiterzugehen befahl, verstummt war. Dann starrte er mit seinen blassen Augen die Erde an, ohne ihre Schönheit zu sehen, oder ihren Nutzen, oder die wilden Blümchen in tausenderlei zarten Farbtönungen, die sich zwischen den Feldfrüchten und dem Unkraut wohl fühlten. Aber diese Pausen dauerten nicht lange, denn er war noch jung. Und plötzlich irrte er von neuem über die Erde, gleichgültig aus dem Schatten in die Helle, und aus der Helle in den Schatten tretend.

Wenn ich anhalte, wie soeben, dann schwellen die Geräusche der jeweiligen Stunde eigenartig stark an. So daß ich das Gehör meiner Jugend wiederzufinden glaube. Damals konnte ich in meinem Bett, im Dunkeln, in stürmischen Nächten aus dem Geheul von draußen den Anteil der Blätter, der Äste, der ächzenden Stämme, ja sogar des Grases und des mich bergenden Hauses heraushören. Jeder Baum schrie auf seine Weise, wie auch jeder bei ruhigem Wetter sein eigenes Rauschen hatte. Ich hörte, wie in der Ferne das Eisentor an seinen Pfeilern riß und wie seine mit Sichtgittern versehenen Flügel, in denen sich der Wind verfing, aneinanderschlugen. Und bis zum Sand der Allee gab es nichts, was nicht seine Stimme gehabt hätte. Die windstille Nacht war für mich ein anderer Sturm, der sich aus unzähligen Seufzern zusammensetzte, die zu erkennen mir Freude machte. Ja, ihre sogenannte Stille hat mich sehr ergötzt, als Junge. Das Geräusch, das ich bevorzugte, war alles andere als edel. Es war das Bellen der Hunde, nachts, in den kleinen, an den Gebirgshängen klebenden Weilern, wo die Steinbrecher lebten, seit Generationen. Es drang bis zu mir in das Haus in der Ebene, wild und schrill, kaum wahrnehmbar, schnell nachlassend. Die Hunde des Tales antworteten mit ihren lauten Mäulern voller Hakenzähne, Kiefer und Speichel.
Vom Gebirge drang auch eine andere Freude zu mir, die der verstreuten Lichter, die dort bei Anbruch der Nacht aufleuchteten, sich zu Flecken vereinigten, die kaum heller waren als der Himmel und nicht so hell wie die Sterne, und die das kleinste bißchen Mond erblassen ließ, und die, kaum angezündet, von selber erblaßten. Es waren Dinge, die kaum da waren, an der Grenze der Stille und der Nacht, und die bald ausblieben. So denke ich mir das jetzt, in aller Ruhe. An meinem hohen Fenster stehend, gab ich mich ihnen ganz hin, und wartete auf das Ende, auf das Ende meiner Freude, dort weit vor mir, in mir, gespannt auf die Freude meiner beendeten Freude. Aber es handelt sich nun weniger um diese Lappalien als um meine Ohren, aus denen zwei

unbändige Büschel wahrscheinlich gelber Haare heraussprießen, die durch das Schmalz und den Mangel an Pflege gelb und so lang geworden sind, daß die Ohrläppchen darunter verborgen sind. Ich stelle also ungerührt fest, daß sie seit einiger Zeit besser zu hören scheinen. Oh, ich bin nie, auch nicht teilweise, taub gewesen. Aber seit langem höre ich undeutlich. Jetzt packt es mich wieder. Was ich sagen will, ist vielleicht, daß die an sich so verschiedenartigen Geräusche der Welt, die ich so gut voneinander unterscheiden konnte, vielleicht, weil sie immer die gleichen sind, allmählich zu einem einzigen verschmolzen, bis sie nur noch ein lautes, unendliches Summen waren. Das wahrgenommene Klangvolumen blieb wahrscheinlich das gleiche, ich hatte nur die Fähigkeit verloren, es zu zerlegen. Die Geräusche der Natur, die der Menschen und auch meine eigenen, alles vermischte sich zu einem und demselben zügellosen Kauderwelsch. Genug. Ich würde gerne einen Teil meiner . . ., meiner Mißgeschicke diesem akustischen Chaos zuschreiben, wenn ich, leider, nicht dazu neigte, darin eher eine Wohltat zu sehen. Mißgeschicke, Wohltat, ich habe keine Zeit, meine Worte zu wählen, ich hab's eilig, eilig, um zu Ende zu kommen. Und doch habe ich es eigentlich nicht eilig. Ich werde heute abend offenbar nichts sagen, was nicht falsch ist, ich meine, was mich nicht über meine wahren Absichten im unklaren läßt. Denn dies ist der Abend, ja sogar die Nacht, die zu den schwärzesten zählt, an die ich mich erinnern kann. Ich habe ein kurzes Gedächtnis. Mein auf dem Bogen liegender kleiner Finger hat einen Vorsprung vor dem Bleistift, den er warnt, wenn er an den Zeilenenden herunterfällt. In der anderen Richtung aber, von oben nach unten, schreibe ich aufs Geratewohl. Ich wollte nicht schreiben, aber ich habe mich schließlich doch darein gefügt. Und zwar, um zu wissen, woran ich bin, woran er ist. Anfangs schrieb ich nicht, sondern redete nur. Dann vergaß ich das, was ich geredet hatte. Ein Minimum an Gedächtnis ist unerläßlich, um wirklich zu leben. Seine Familie, zum Beispiel, ich weiß wirklich sozusagen nichts mehr über sie zu sagen. Aber ich bin unbesorgt, es ist irgendwo notiert. Es ist das einzige Mittel, ihn zu überwachen. Aber was mich persönlich anbetrifft, so macht sich nicht dasselbe Bedürfnis bemerkbar. Ich kenne auch meine eigene Geschichte nicht, ich vergesse sie, ich brauche sie ja auch nicht zu kennen. Und doch schreibe ich über mich, mit demselben Bleistift, in dasselbe Heft, wie über ihn. Es ist nämlich nicht mehr ich, ich habe es sicher schon gesagt, sondern ein anderer, dessen Leben gerade beginnt. Es ist richtig, daß auch er seine kleine Chronik, seine Erinnerungen, seine Daseinsberechtigung hat, und daß er das Gute aus dem Schlechten und das Schlechte aus dem Schlimmsten herausfinden und so langsam all die sich gleichenden Tage lang altern und an einem Tag wie jeder andere, nur etwas kürzer, sterben kann.

Das ist meine Entschuldigung. Aber es muß auch andere, nicht weniger gute geben. Ja, die Dunkelheit ist vollkommen, Ich sehe nichts. Sogar das Fenster und selbst die Wand, die sich so scharf von den Scheiben abhebt, wo sie ihnen Platz läßt, daß sie oft dem Rand eines Abgrunds gleicht, sehe ich kaum. Aber ich vernehme das Geräusch meines kleinen Fingers, der übers Papier gleitet, und das so ganz andere des Bleistifts, der ihm folgt. Das macht mich stutzig und bringt mich darauf, daß sich etwas geändert hat. Woher dies Kind, das ich hätte sein können, warum nicht. Und ich vernehme auch, endlich, einen Chor, aber weit genug entfernt, damit sein Piano nicht bis zu mir dringen kann. Ich kenne diesen Gesang, ich weiß nicht woher, und wenn er leiser wird, und wenn er aufhört, klingt er in mir weiter, nur langsamer oder schneller. Denn wenn die Lüfte ihn mir wieder zutragen, trifft er mit Vorsprung oder mit Verspätung auf meinen eigenen Gesang. Es ist ein gemischter Chor, oder aber ich täusche mich sehr. Vielleicht sogar mit Kindern. Ich habe das absurde Gefühl, daß eine Frau ihn dirigiert. Seit langem singt er denselben Gesang. Er muß wohl proben. Es ist schon vorbei, er hat ein letztes Mal das Triumphgeschrei ausgestoßen, das ihn beendet. Könnte es die Osterwoche sein? Wenn dies zutrifft, sollte dann dieser Gesang, den ich gerade gehört habe, und der eigentlich noch nicht ganz in mir verstummt ist, nicht einfach zu Ehren des ersten, der von den Toten auferstand, erklungen sein, zu Ehren dessen, der mich rettete, zweitausend Jahre im voraus? Des ersten? Das Schlußgeschrei läßt darauf schließen.

Ich glaube, daß ich schon wieder geschlafen habe. Wie ich auch herumtaste, ich finde mein Heft nicht mehr. Aber ich habe den Bleistift noch immer in der Hand. Ich werde das Morgengrauen abwarten müssen. Gott weiß, was ich inzwischen tun werde.

Ich habe gerade geschrieben. Ich glaube, daß ich schon wieder geschlafen habe, usw. Ich hoffe, daß ich meinen Gedanken nicht zu sehr verfälsche. Ich füge nun diese wenigen Zeilen hinzu, bevor ich mich von neuem verlasse. Ich bin nicht mehr genauso begierig, mich zu verlassen, wie beispielsweise vor acht Tagen. Es muß länger als acht Tage her sein, ich muß vor mehr als acht Tagen gesagt haben, Ich werde endlich doch bald ganz tot sein. Aber Vorsicht. Das habe ich gar nicht gesagt, ich würde meine Hand dafür ins Feuer legen. Das habe ich geschrieben. Ich habe plötzlich den Eindruck, diese beiden letzten Sätze schon irgendwo geschrieben oder gesagt zu haben, Wort für Wort. Ja, Ich werde endlich doch bald, usw., das habe ich geschrieben, als ich begriff, daß ich nicht mehr wußte, was ich gesagt hatte, zu Beginn des Gesagten, und später, und daß infolgedessen mein Plan, zu leben und leben zu lassen, kurz, endlich zu spielen und bei lebendigem Leibe zu sterben, den Weg meiner übrigen Pläne gegangen war. Ich glaube, daß das Morgengrauen nicht so lange auf sich warten ließ, wie ich fürchtete. Ich glaube es wahrhaftig. Aber ich fürchtete nichts, ich fürchte nichts mehr. Es ist wirklich der Beginn der schönen Jahreszeit. Der Fensterscheibe zugewandt, habe ich sie schließlich vor dem fahlen Morgenrot erschauern, erblassen sehen. Es ist keine gewöhnliche Scheibe, sie bringt mir die Morgendämmerung, und sie bringt mir den Sonnenuntergang. Das Heft war heruntergefallen. Ich habe lange gebraucht, um es wiederzufinden. Es lag unterm Bett. Wie ist so etwas möglich? Ich habe lange gebraucht, um es wiederzuerlangen. Ich habe es harpunieren müssen. Es ist nicht ganz durchbohrt, aber es ist schlecht in Schuß. Es ist ein dickes Heft. Es muß mir genügen. Ich werde von nun an jedes Blatt auf beiden Seiten beschreiben. Woher habe ich es bekommen? Ich weiß nicht. Ich habe es gefunden, einfach so, bei meinen Sachen, an dem Tag, an dem ich es brauchte. Obwohl ich wußte, daß ich kein Heft hatte, habe ich in der Hoffnung, eins zu finden, in meinen Sachen gewühlt. Ich bin nicht enttäuscht worden, ich bin nicht überrascht worden. Wenn ich morgen einen alten Liebesbrief brauchte, würde ich nicht anders verfahren. Es ist kariertes Papier. Die ersten Seiten sind mit Zahlen, Zeichen und Figuren bedeckt und hier und da mit einem kurzen Satz. Es müssen Berechnungen sein. Sie hören plötzlich, ich wollte sagen, augenscheinlich vorzeitig auf. Gewissermaßen entmutigt. Es ist vielleicht Astronomie oder Astrologie. Ich habe nicht genau hingeschaut. Ich habe einen Strich gezogen, nein, ich habe nicht einmal einen Strich gezogen, ich habe geschrieben. Bald werde ich endlich ganz tot sein, ohne überhaupt die folgende Seite aufzuschlagen, die unbeschrieben war. Jetzt bin ich davon entbunden, mich bei der Inventur lang und breit über dieses Heft zu ergehen. Ich brauche dann nur zu sagen, Item, ein Heft, wobei ich vielleicht seine Farbe angebe. Aber bis dahin kann ich es verlieren, für immer. Der Bleistift dagegen ist ein alter Bekannter. Ich muß ihn wohl bei mir gehabt haben, als man mich hierher brachte. Er hat fünf Seitenflächen. Er ist sehr kurz, und beide Enden sind gespitzt. Es ist ein Venus. Ich hoffe, daß er langt. Ich sagte, daß ich mich nicht mehr mit demselben Eifer verlasse. Das muß in der Ordnung der Dinge liegen, alles, was mir geschieht, muß sich darin einfügen, sogar meine Unfähigkeit, zu erfassen, um welche Ordnung es sich handelt. Denn ich habe nie irgendeine gesehen, weder in mir noch außer mir. Ich habe mich dem Anschein überlassen, obwohl ich ihn eitel wähnte. Ich werde nicht bis ins einzelne gehen. Luft schnappen, versinken, wieder aufsteigen, Luft schnappen, vermuten, verneinen, bejahen, verneinen. Gut so. Ich verlasse mich nicht mehr so gern. Amen. Ich habe die Morgendämmerung erwartet. Indem ich was tat? Ich weiß nicht. Was ich tun mußte. Ich habe die Scheibe belauert. Ich habe meinen Schmerzen, meiner Ohnmacht freien Lauf gelassen. Und schließlich schien es mir, einen Augenblick, daß ich Besuch bekommen würde.

Die großen Ferien gingen zu Ende. Es näherte sich der entscheidende Zeitpunkt, wo Sapo die in ihn gesetzten Hoffnungen rechtfertigen oder enttäuschen würde. Er ist bestens präpariert, sagte Herr Saposcat. Und seine Frau, deren Frömmigkeit sich in Krisenzeiten von neuem entzündete, betete für seinen Erfolg. In ihrem Nachthemd kniend, brach sie abends, lautlos zwar, da ihr Mann es sonst mißbilligt hätte, in die Stoßgebete aus, Wenn er es nur besteht! Wenn er es nur besteht! Auch ohne Auszeichnung! Wenn er diese erste schwere Prüfung einmal hinter sich hätte, würden andere folgen, jedes Jahr, mehrere jährlich, fünf oder sechs Jahre lang. Aber Saposcats meinten, sie würden nicht so schrecklich sein wie die erste, bei der ihnen das Recht zuerkannt oder abgesprochen würde zu sagen, Er wird Arzt, oder, Er wird Jurist. Denn sie konnten sich kaum denken, daß ein halbwegs normaler, ja intelligenter junger Mann, wenn er einmal berechtigt war, sich mit diesen Berufen vertraut zu machen, nicht auch früher oder später für fähig befunden würde, sie auszuüben. Denn sie hatten wie fast alle Leute mit Ärzten und mit Rechtsanwälten zu tun gehabt.

Eines Tages kaufte Herr Saposcat sich einen Füller zum

Vorzugspreis. Einen Blackbird. Er bekommt ihn am Morgen des Examens, sagte er. Er lüftete den langen Kartondeckel und zeigte den Füller seiner Frau. Laß ihn in seiner Schachtel, sagte er, als sie ihn in die Hand nehmen wollte. Er ruhte auf dem Prospekt, dessen eingerollte Ränder sich oben beinahe berührten. Herr Saposcat schob sie auseinander und näherte die Schachtel den Augen seiner Frau, die aber, anstatt den Füller anzuschauen, ihren Mann anschaute. Er nannte den Preis. Es wäre vielleicht besser, sagte sie, wenn er ihn am Vorabend bekäme, damit er sich an ihn gewöhnt. Du hast recht, sagte er, daran hatte ich nicht gedacht. Oder sogar noch einen Tag früher, sagte sie, damit du ihn noch umtauschen kannst, wenn er mit der Feder nicht schreiben kann. Eine Amsel, deren weit geöffneter, gelber Schnabel andeutete, daß sie sang, schmückte den Deckel. Herr Saposcat legte ihn wieder auf, wickelte die Schachtel mit sachkundigen Händen in Seidenpapier und streifte ein schmales Gummiband darüber. Er war nicht zufrieden. Es ist eine mittlere Feder, sagte er, mit der kann er gewiß schreiben.

Dies Gespräch wurde am folgenden Morgen fortgesetzt. Herr Saposcat sagte, Wenn wir ihm den Füller nur leihweise gäben und ihm sagten, daß er ihn behalten könne, wenn er bestehen würde. Dann mußt du es sofort tun, sagte Frau Saposcat, sonst nützt es nichts. Wogegen Herr Saposcat nach einem Schweigen einen ersten Einwand und dann, nach einem zweiten Schweigen, einen zweiten Einwand machte. Er wandte zunächst ein, daß sein Sohn, wenn er den Füller sofort bekäme, Zeit hätte, ihn kaputtzumachen oder zu verlieren, noch vor der schriftlichen Prüfung. Dann wandte er ein, daß sein Sohn, wenn er den Füller sofort bekäme und angenommen, daß er ihn weder kaputtmachte noch verlöre, Zeit hätte, sich so daran zu gewöhnen und seine Mängel bei einem Vergleich mit den Füllern seiner besser gestellten Kameraden so genau kennenzulernen, daß sein Besitz ihn nicht mehr reizte. Ich wußte nicht, daß es Schund ist, sagte Frau Saposcat. Herr Saposcat legte seine Hand aufs

Tischtuch und betrachtete sie lange. Dann faltete er seine Serviette, stand auf und verließ das Zimmer. Iß doch zu Ende! rief seine Frau. Allein zurückbleibend, hörte sie das Geräusch seiner Schritte, die sich in der Allee entfernten, wieder näherten, entfernten, wieder näherten.

Eines Tages kam Sapo später als gewöhnlich bei den Louis an. Weiß man jedoch, wie spät er gewöhnlich dort ankam? Die Schatten verlängerten sich und verloren schnell ihre Konturen. Sapo erlebte die Überraschung, in der Ferne inmitten frischer Stoppeln den dicken rot-weißen Kopf Vater Louis' zu erblicken. Sein Körper steckte in der tiefen Grube, die er für seinen Maulesel aushob, der in der Nacht verendet war. Edmond trat, sich den Mund abwischend, aus dem Haus und ging zu seinem Vater. Der kletterte daraufhin aus der Grube, und der Sohn stieg hinab. Bei ihnen angelangt, erblickte Sapo den schwarzen Mauleselkadaver. Da wurde ihm alles klar. Der Maulesel lag auf der Seite, was normal war. Die Vorderbeine waren gestreckt und steif, die hinteren angezogen unterm Bauch. Das halboffene Maul, die hochgezogenen Lippen, die enormen Zähne und die hervorquellenden Augen bildeten einen recht ungewöhnlichen Totenkopf. Edmond reichte seinem Vater die Hacke, den Spaten und die Schippe, und er stieg aus der Grube. Nachdem einer die Vorderbeine und der andere die anderen gepackt hatte, schleiften sie den Maulesel bis an die Grube und ließen ihn rücklings hineinfallen. Die Vorderbeine zeigten zum Himmel und ragten ein wenig über den Rand der Grube hinaus. Vater Louis knickte sie mit Spatenhieben. Er gab den Spaten seinem Sohn und ging auf sein Haus zu. Edmond begann die Grube zu füllen. Sapo schaute ihm dabei zu. Ein großer Friede zog in ihm ein. Großer Friede ist zuviel gesagt. Es ging besser. Das Ende eines Lebens ist etwas Erquickliches. Edmond hielt inne, stützte sich auf den Spaten und lächelte keuchend. Er hatte große rosa Löcher zwischen seinen Schneidezähnen. Der lange Louis saß nahe am Fenster, von wo aus er seinen Sohn überwachen konnte. Er rauchte eine Zigarette in seiner Zigarettenspitze und trank Schnaps. Sapo nahm ihm gegenüber Platz, legte eine Hand auf den Tisch und darauf seine Stirn, da er sich allein wähnte. Dazwischen schob er die andere Hand und rührte sich nicht mehr. Louis begann zu sprechen. Er schien gut gelaunt zu sein. Der Maulesel war seiner Meinung nach an Altersschwäche gestorben. An dem Tag, an dem er ihn, vor zwei Jahren schon, gekauft hatte, führte man ihn gerade zum Schlachthof. Er war also auf seine Kosten gekommen. Nach Abschluß des Geschäfts hatte man ihm vorausgesagt, daß der Maulesel beim ersten Ackern stocksteif umfallen würde. Aber der lange Louis verstand etwas von Mauleseln. Beim Maulesel kommt es auf das Auge an, der Rest ist nicht so wichtig. Er hatte ihm also am Schlachthoftor tief ins Auge geschaut und erkannt, daß er noch nützen könnte. Und der Maulesel hatte seinen Blick erwidert, im Hof des Schlachthofs. Je weiter Louis in seinem Bericht fortfuhr, um so mehr gewann der Schlachthof an Bedeutung. Der Ort der Transaktion verschob sich allmählich, von der Schlachthofstraße zum Schlachthoftor und von dort bis in den Schlachthof hinein. Um ein Haar hätte er sich mit dem Abdecker um den Maulesel gestritten. Man hätte meinen können, daß er mich anflehte, ihn zu nehmen, sagte Louis. Er hatte fast überall Wunden, aber bei den alten Mauleseln soll man sich nicht durch Wunden beeindrucken lassen. Es kommt auf das Auge an. Man hatte ihm gesagt, Er hat schon zehn Meilen zurückgelegt, er krepiert, bevor er bei dir ankommt. Ich rechnete damit, noch sechs Monate etwas von ihm zu haben, sagte Louis, ich habe noch zwei Jahre etwas von ihm gehabt. Beim Sprechen überwachte er seinen Sohn. Sie saßen da, einander gegenüber, in der Dunkelheit, einer sprach, der andere hörte zu, und der eine war weit weg von dem, was er sagte, und der andere von dem, was er hörte, und einer war weit weg vom anderen. Der Erdhügel wurde kleiner. In dem schwachen, flachen Licht hatte die Erde sonderbare

Reflexe, sie flammte hier und da, wie von innen erleuchtet, in dem wachsenden Schatten auf. Edmond hielt oft inne, stützte sich auf die Schippe und schaute sich um. Der Schlachthof, sagte Louis, ist der Ort, wo ich meine Tiere kaufe. Er fügte hinzu, Schau dir diesen Faulpelz an. Er ging hinaus und begann wieder zu arbeiten, neben seinem Sohn. Sie arbeiteten eine ganze Weile zusammen, ohne sich umeinander zu kümmern, dann ließ der Sohn seine Schippe los, drehte sich um und ging langsam fort, in einer einzigen, gleichmäßigen und ausgewogenen Bewegung, ohne irgendeine Unterbrechung von der Anstrengung zur Ruhe als der einzig möglichen Folge übergehend. Den Maulesel sah man schon nicht mehr. Die Erdoberfläche, auf der er sein Leben lang herumgezuckelt war, würde nicht mehr sehen, wie er sich vor dem Pflug, vor dem Karren abmühte. Und der lange Louis würde bald an dieser selben Stelle mit einem anderen Maulesel pflügen können, oder mit einem alten Pferd oder mit einem alten Ochsen, den er am Schlachthof gekauft hätte, den man auch die Abdeckerei nennt, ohne daß die Pflugschar das stinkende Fleisch wenden und ohne daß sie an den dicken Knochen, die es bedeckt hatte, stumpf werden würde. Denn die Neigung der Begrabenen, wider alles Erwarten wieder ans Tageslicht aufzusteigen, war ihm nicht unbekannt. Darin gleichen sie den Ertrunkenen. Und er hatte dies beim Ausheben der Grube, die beinahe sechs Fuß tief war, berücksichtigt. Edmond und seine Mutter gingen schweigend aneinander vorbei. Sie kam von einer Nachbarin zurück, wo sie sich ein Pfund Linsen für das Abendessen geliehen hatte. Sie dachte an die schöne Laufgewichtswaage, die man benützt hatte, und fragte sich dabei, ob sie gut geeicht war. An ihrem Mann ging sie ebenfalls schnell vorbei, ohne ihn eines Blickes zu würdigen, und nichts an seiner Haltung ließ darauf schließen, daß er sie gesehen hatte. Sie zündete die Lampe an ihrem Platz auf dem Kaminsims an, neben dem Wecker, der seinerseits von einem an einem Nagel aufgehängten Kruzifix flankiert wurde. Diese drei Dinge befanden sich ganz eng aneinander gedrängt mitten auf dem sonst leeren Bord. Der Wecker, der am niedrigsten von den dreien war, mußte in der Mitte bleiben, und der Auswechselung der Lampe mit dem Kruzifix stand der Nagel entgegen, der das letztere aufrecht hielt. Sie blieb mit Stirn und Händen an die Wand gelehnt stehen und wartete darauf, daß sie den Docht hochschrauben könnte. Sie schraubte ihn schließlich hoch und stülpte die gelbe Kugel wieder über, die ein breiter Sprung verunstaltete. Als sie Sapo erblickte, glaubte sie einen Moment, ihre Tochter zu sehen. Dann flogen ihre Gedanken zu der Abwesenden. Sie stellte die Lampe auf den Tisch, und das Draußen verwischte sich. Sie setzte sich, schüttete die Linsen auf den Tisch und begann, sie auszulesen, so daß bald zwei Haufen auf dem Tisch lagen, ein großer, der immer kleiner wurde, und ein kleiner, der immer größer wurde. Aber plötzlich vermischte sie beide mit jähzorniger Geste und vernichtete so in weniger als einer Sekunde die Arbeit von zwei oder drei Minuten. Dann holte sie einen Topf. Daran werden sie nicht sterben, sagte sie, und mit dem Rand ihrer Hand schob sie die Linsen bis an die Tischkante und von da in den Topf, als ob es sich hauptsächlich darum handelte, nicht zu sterben. Aber sie machte es so ungeschickt und so hastig, daß ein guter Teil am Topf vorbei auf den Boden fiel. Dann nahm sie die Lampe und ging hinaus, um vielleicht Holz oder ein Stück Speck zu holen. Nachdem es nun wieder dunkel geworden war in der Küche, wurde das Dunkel draußen allmählich heller, und Sapo konnte mit den Augen an der Scheibe schließlich gewisse Dinge, darunter die dunkle Masse des auf der Stelle tretenden langen Louis, unterscheiden. Daß man mitten in einer langweiligen, vielleicht unnützen Arbeit aufhört, konnte Sapo sich gut vorstellen. Denn viele Arbeiten sind so, was man auch sagen mag, man beendet sie nur, indem man sie aufgibt. Wenn Frau Louis ihre Linsen bis zum Morgengrauen weiter sortiert hätte, so wäre ihr Ziel, jegliche Beimengung auszusondern, doch nicht erreicht worden. Aber sie hätte schließlich aufgehört und sich gesagt, Ich habe getan, was ich konnte. Aber sie hatte nicht getan, was sie gekonnt hätte. Es kommt jedoch der Moment, in dem man aufgibt, aus Klugheit, ohne darum so sehr entmutigt zu sein, daß man alles wieder zunichte macht. Wenn sie aber beim Sortieren der Linsen gar nicht die Absicht hatte, alles auszusondern, was nicht Linse war, sondern nur das Gröbste? Was dann? Ich weiß nicht. Dagegen gibt es andere Arbeiten, andere Tage, von denen man mit ziemlicher Sicherheit sagen kann, daß sie beendet sind, obgleich ich nicht weiß, welche. Sie kam zurück, hielt die Lampe hoch und ein wenig zur Seite, um nicht geblendet zu werden. In der anderen Hand hielt sie ein weißes Kaninchen, an den Hinterläufen. Denn während der Maulesel schwarz gewesen war, war das Kaninchen weiß gewesen. Es war schon tot, es war schon nicht mehr. Es gibt Kaninchen, die sterben, bevor man sie tötet, aus purer Angst. Sie haben Zeit dazu, während man sie, meistens an den Ohren, aus dem Kaninchenstall zieht und den zu treffenden Körperteil, sei es den Nacken oder sei es die Kehle, bequem zurechtlegt. Und oft schlägt man einen Kadaver, ohne es zu wissen. Denn man hat das Kaninchen gerade noch quicklebendig hinter dem Drahtgitter an seinen Blättern knabbern sehen. Und man freut sich darüber, daß der erste Schlag saß, weil man es nicht sinnlos leiden lassen möchte, während man sich in Wirklichkeit vergebens bemüht hat. Es ist etwas, das vor allem nachts geschieht, da die Angst nachts am größten ist. Die Hühner haben dagegen ein hartnäckigeres Leben, und es kommt sogar vor, daß sie, obwohl sie schon keinen Kopf mehr haben, noch einige letzte Luftsprünge machen, ehe sie zusammenbrechen. Auch die Tauben sind nicht so nervös und bringen manchmal eine gewisse Widerstandskraft auf, bevor sie der Erstickung erliegen. Frau Louis keuchte. Fieses Biest! schrie sie. Aber Sapo war schon weit weg und ließ seine Hand durch das hohe, wogende Gras des Weidelandes streifen. Kurz darauf kamen Louis, und nach ihm sein Sohn, vom Geruch angezogen, in die Küche. Am Tisch einander gegenübersitzend, warteten sie, ohne sich anzusehen. Aber die Frau, die Mutter, ging zur Tür und rief ihre Tochter. Lise! rief sie aus Leibeskräften mehrmals hintereinander. Dann kehrte sie wieder an ihren Ofen zurück. Sie hatte gerade den Mond gesehen. Nach langem Schweigen erklärte Louis, Ich werde Grisette morgen töten. Er sagte es natürlich mit anderen Worten, aber das meinte er. Doch weder seine Frau noch sein Sohn konnten ihm zustimmen, die erste, weil sie den Tod Noirauds vorgezogen hätte, der zweite, weil er es für verfrüht hielt, die Zicklein jetzt schon zu töten, ganz gleich, ob es sich um das eine oder das andere handelte, denn das war ihm gleichgültig. Aber der lange Louis sagte ihnen, sie sollten den Mund halten, und er holte aus der Fcke die Dose, die seine Messer enthielt. Es waren drei, und er brauchte nur das Fett abzuwischen und sie ein wenig aneinander zu wetzen. Frau Louis ging wieder zur Tür, horchte und rief. In der Ferne antwortete die Herde. Sie kommt, sagte sie. Aber sie kam erst viel später. Nach beendeter Mahlzeit war Edmond zu Bett gegangen, um in Ruhe onanieren zu können, vor der Ankunft seiner Schwester, die sein Zimmer mit ihm teilte. Nicht daß er sich genierte, wenn seine Schwester da war. Sie genierte sich auch nicht, wenn ihr Bruder da war. Sie lebten beengt, gewisse feine Manieren waren nicht möglich. Edmond hatte sich also zurückgezogen, ohne besondere Absicht. Er hätte gerne mit seiner Schwester geschlafen, der Vater auch, ich meine, daß der Vater gerne mit seiner Tochter geschlafen hätte, die Zeit liegt weit zurück, in der er gerne mit seiner Schwester geschlafen hätte. Aber irgend etwas hielt sie zurück. Sie schien übrigens keinen Wert darauf zu legen. Aber sie war noch jung. Der Inzest lag also in der Luft. Frau Louis, die einzige der Familie, die kein Verlangen mehr danach hatte, mit jemandem zu schlafen, sah es kommen, gleichgültig. Sie ging hinaus. Der lange Louis, der mit seiner Tochter allein zurückgeblieben war, beobachtete sie.

Sie kauerte trübsinnig vorm Ofen. Er sagte, sie solle essen, und sie begann zu essen, was vom Kaninchen übriggeblieben war, direkt aus dem Topf, mit einem Löffel. Aber es ist schwer, seinesgleichen ununterbrochen anzuschauen, selbst wenn man es will, und der lange Louis sah seine Tochter plötzlich an einem anderen Platz und mit etwas anderem beschäftigt, als den Löffel vom Topf in den Mund und vom Mund in den Topf zu führen. Und doch hätte er geschworen, daß er sie nicht aus den Augen gelassen hatte. Er sagte, Morgen werden wir Grisette töten, du wirst sie festhalten, wenn du willst. Aber da er sah, daß sie immer noch so traurig war und ihre Wangen sogar naß von Tränen waren, ging er zu ihr.

Wie langweilig. Wenn ich zum Stein überginge? Nein, das wäre das gleiche. Die Louis, die Louis, handelt es sich überhaupt um die Louis? Nein, eigentlich nicht. Aber während dieser Zeit geht das andere verloren. Wie steht es mit meinen Plänen, ich hatte Pläne, soeben. Vielleicht habe ich noch zehn Jahre vor mir. Ich werde trotzdem noch ein wenig weitermachen und dabei an etwas anderes denken, ich kann nicht hierbleiben. Ich werde mich von weitem, mit abwesendem Geist, von den Louis sprechen, von mir sprechen hören, mit weit von hier, in seinen Ruinen irrendem Geist.

Dann war nur Frau Louis in der Küche. Sie saß nahe am Fenster und schraubte den Docht der Lampe herunter, wie sie es immer vor dem Ausblasen tat, denn sie liebte es nicht, eine noch heiße Lampe auszublasen. Wenn sie glaubte, daß der Zylinder und die Kugel genügend abgekühlt waren, stand sie auf und blies hinein. Sie stand einen Moment unentschlossen, mit auf den Tisch gestützten Händen da, bevor sie sich wieder hinsetzte. Wenn ihr Tagewerk beendet war, ging das Licht über anderen Plagen auf, in ihrem Innern, über denen des dummen zähen Lebens, mit den emsigen Schmerzen. Sitzend und auf und ab gehend, hielt sie sie besser aus als im Bett. Sie hörte nicht auf, aus der Tiefe dieser unendlichen Müdigkeit sehnlichst am Tage die Nacht, in der Nacht den Tag, und Tag und Nacht angstvoll jenes Licht herbeizuwünschen, von dem man ihr immer gesagt hatte, daß sie es nicht begreifen könnte, denn es war eigentlich keins. Von jenem, das sie gut begriff, weil sie daran gewöhnt war, erwartete sie oft, daß es zu ihr in die Küche zurückkehrte, besonders im Sommer, wenn sie aufrecht auf dem Stuhl sitzend oder über dem Tisch zusammengesunken, wenig schlief und sich schlecht, aber weniger schlecht als im Bett, ausruhte. Oft stand sie auf, lief durchs Zimmer oder ging draußen um das alte, baufällige Haus herum. Erst fünf oder sechs Jahre ging es ihr so. Ich habe eine Frauenkrankheit, sagte sie sich, ohne zu wagen, ganz daran zu glauben. In der von Tagesmühen erfüllten Küche schien ihr die Nacht weniger Nacht, der Tag weniger tot zu sein. In schwierigen Momenten, wenn sie Mut brauchte, preßte sie gerne ihre Finger gegen den alten Tisch, um den sie bald wieder die Ihren sitzen sehen würde, in der Erwartung, von ihr bedient zu werden, und gerne hatte sie die vertrauten Töpfe und Pfannen griffbereit um sich herum. Sie ging zur Tür, öffnete sie und schaute hinaus. Der Mond war verschwunden, aber die Sterne funkelten hell. Sie betrachtete sie lange. Es war ein Schauspiel, das ihr mehr als einmal Erleichterung verschafft hatte. Sie ging zum Brunnen und ergriff die Kette. Der Eimer lag unten in der Tiefe, die Winde war eingerastet. So war es. Ihre Finger begannen an den wellenförmigen Ringen entlangzuirren. Ungestalte Fragen zermalmten sich weich ineinander aufgehend in ihrem Geist. Einige schienen sich auf ihre Tochter zu beziehen, die jedoch die kleinste ihrer Sorgen war. Diese lag, da sie nicht schlafen konnte, seit einiger Zeit lauschend wach. Da sie wußte, daß ihre Mutter noch auf war, wäre sie beinahe aufgestanden und zu ihr gegangen. Aber erst am nächsten oder am übernächsten Tag entschied sie sich, ihr zu sagen, was Sapo ihr gesagt hatte, nämlich daß er wegginge, für immer. Dann sammelten sie, wie man es auch bei den unbedeutenden Toten tut, die Andenken, die er ihnen hatte hinterlassen können, indem sie sich gegenseitig halfen und bemüht waren, Einmütigkeit zu erzielen. Aber man kennt ja die kleine Flamme, ihr Flackern in der Schattenflut. Und die Einmütigkeit stellt sich erst später ein, mit dem Vergessen.

Tödliche Langeweile. Eines Tages holte ich mir bei einem Israeliten Rat bezüglich der Conation. Das muß in der Zeit geschehen sein, in der ich noch jemanden suchte, der mir treu wäre und dem ich es wäre. Ich öffnete dann meine Augen ganz weit, damit die Kandidaten die Tiefe meines Blickes bewundern könnten und die Ausstrahlungen, die alles, was man sich nicht sagte, darin heraufbeschwor. Unsere beiden Gesichter waren einander so nahe, daß ich auf meinem heißen, speichelnassen Atem spürte, und er wahrscheinlich auch auf seinem. Ich sehe ihn wieder, endlich beruhigt, wie er sich die Augen und den Mund abwischt, und mich, wie ich mit gesenktem Blick trübsinnig die kleine Lache betrachte, die der Urin nach völliger Durchnässung meiner Hose an meinen Füßen gebildet hatte. Jetzt, wo ich ihn nicht mehr brauche, will ich seinen Namen nennen. Jackson. Ich bedauerte, daß er keine Katze hatte, oder einen jungen Hund, oder besser noch einen alten Hund. Aber an stummen Gefährten verfügte er nur über einen grau-roten Papagei, dem er beibrachte, *Nihil in intellectu* usw. zu sagen. Diese drei ersten Wörter sprach der Vogel deutlich aus, aber die berühmte Einschränkung schaffte er nicht, man hörte nur kuah kuah kuah kuah kuah. Und als Jackson sich aufregte und sich verbissen bemühte, sie ihm dennoch einzutrichtern, wurde Polly rot vor Zorn und zog sich in eine Ecke seines Käfigs zurück. Es war ein sehr schöner Käfig, gut eingerichtet, mit Stangen, Schaukeln, Futternäpfchen, Wassertöpfchen, Rampen und Sepiaknochen in Fülle. Es gab sogar zu viele Sachen darin, ich hätte mich beengt gefühlt. Jackson nannte mich das Merinoschaf, ich weiß nicht warum, vielleicht wegen der französischen Redensart. Ich konnte jedoch nicht umhin zu denken, daß die Idee der irrenden Herde besser zu ihm paßte als zu mir. Aber im Grunde habe ich nie etwas anderes im Sinn gehabt als Wind, jenen Wind, der mir kaum zugemessen wurde. Meine Beziehungen zu Jackson waren von kurzer Dauer. Ich hätte ihn als Freund ertragen, aber leider war ich ihm zuwider, ebenso wie Johnson, Wilson, Nicholson und Watson, alles Hurensöhne. Ich versuchte anschließend während einer gewissen Zeit bei den unteren Rassen, den Roten, Gelben, Schokoladenbraunen usw. eine verwandte Seele mit Beschlag zu belegen. Und wenn der Zugang zu den Pestkranken weniger beschwerlich gewesen wäre, hätte ich mich mit rollenden Augen, Gesten unterdrückend, Grimassen andeutend, mit klopfendem Herzen bei ihnen eingeschlichen. Auch bei den Wahnsinnigen scheiterte ich, es hing an einem Haar. Die Dinge haben sich so abspielen müssen, aber versuchen wir lieber zu sehen, wie sie sich jetzt abspielen. Als Junge betrachtete ich die Greise mit Staunen und Entsetzen. Was mir jetzt auf die Nerven geht, sind die schreienden Babys. Das Haus ist schließlich voll davon. *Suave mari magno*, vor allem für den Gelandeten. Wie langweilig. Ich, der glaubte, alles so gut kombiniert zu haben. Wenn ich Herr über meinen Körper wäre, würde ich mich aus dem Fenster fallen lassen. Aber vielleicht liegt es daran, daß ich gebrechlich bin, wenn ich mir diesen Gedanken noch gestatte. Alles hängt zusammen, alles hält einen zusammen. Leider weiß ich nicht, auf welcher Etage ich mich befinde, vielleicht befinde ich mich nur auf dem Hochparterre. Das Türenschlagen, die Schritte auf der Treppe, die Straßengeräusche haben mich nichts darüber gelehrt. Ich weiß nur, daß es Lebende über mir und unter mir gibt. Ich bin also nicht im Souterrain. Manchmal sehe ich übrigens den Himmel und durch mein Fenster andere Fenster, die ihm augenscheinlich gegenüberliegen. Aber das beweist nichts. Ich will nichts beweisen.

Das sagt man so. Vielleicht bin ich sogar in einer Art Keller und ist der Raum, den ich für die Straße halte, nur ein breiter Graben, an dem andere Keller liegen. Und diese Geräusche, die aufsteigen, diese Schritte, die zu mir aufsteigen? Vielleicht gibt es noch andere Keller, noch tiefere als meinen. Warum nicht. In diesem Falle stellt sich die Frage nach der Etage, auf der ich mich befinde, von neuem, ich gewinne nichts bei der Annahme, im Souterrain zu sein, wenn es davon mehrere übereinander gibt. Aber diese Geräusche, diese Schritte, von denen ich behaupte, sie zu mir aufsteigen zu hören, tun sie es wirklich? Es gibt eigentlich keinen Beweis dafür. Von daher auf pure Halluzinationen zu schließen, ist jedoch ein Schritt, den zu tun ich zögere. Und ich glaube wirklich, daß es in diesem Hause Leute gibt, die gehen, kommen und miteinander sprechen, und auch viele schöne Babys, vor allem seit einiger Zeit, die von ihren Eltern oft von einem Platz zum andern geschoben werden, damit sie sich nicht an die Unbeweglichkeit gewöhnen, da sie sich ja eines Tages ohne Hilfe fortbewegen müssen. Aber wenn ich es mir recht überlege, könnte ich nicht sagen, wo sie sich befinden. Letzten Endes gibt es zwischen einem Schritt hinauf und einem Schritt hinab, oder einem, der kommt und geht, ohne überhaupt das Niveau zu ändern, gar keinen Unterschied, ich meine für den, der nicht nur nicht weiß, wo er sich befindet und was er in akustischer Hinsicht eigentlich zu erwarten hat, sondern gleichzeitig zeitweilig halbtaub ist. Die Möglichkeit, so enttäuschend sie auch sein mag, entgeht mir natürlich auch nicht, daß ich nämlich schon tot bin, und daß alles ungefähr so weitergeht wie in der Vergangenheit. Vielleicht bin ich im Wald verschieden, wenn nicht schon früher. In diesem Falle ist alle Mühe, die ich mir seit einiger Zeit im Hinblick auf ein Ziel gebe, an das ich mich im einzelnen kaum erinnere, es sei denn, daß ich es dem Gefühl verdankte, nicht mehr lange mitzumachen, ist all diese Mühe völlig vergebens gewesen. Aber der gesunde Menschenverstand sagt mir, daß ich noch nicht endgültig aufgehört habe zu keuchen. Und er beruft sich zur Unterstützung dieser Anschauung auf verschiedene Erwägungen, die beispielsweise mit dem Häufchen meiner Sachen, mit meinem Ernährungs- und Entleerungssystem, mit dem Paar von gegenüber, mit den Veränderungen des Himmels usw. zusammenhängen. Wobei das alles in Wirklichkeit vielleicht nur meine Würmer sind. Nehmen wir zum Beispiel das Licht, das in diesem Verschlag herrscht. Es ist sonderbar, das ist das mindeste, was man darüber sagen kann, wirklich das mindeste. Es gibt so etwas wie Nacht und Tag bei mir, das steht fest, es ist sogar sehr oft ganz finster, aber das geschieht nicht immer so, wie ich es, wie mir scheint, gewöhnt war, bevor ich mich hier befand. Beispiel, es geht nichts über Beispiele, einmal, als es völlig dunkel bei mir war, erwartete ich die Morgendämmerung mit einer leichten Ungeduld, da ich ihrer bedurfte, um gewisse Dinge zu tun, die ich schwerlich in der Dunkelheit tun kann. Und allmählich wurde es tatsächlich wieder hell, und ich konnte mit meinem Stockhaken die Dinge erreichen, die ich brauchte. Aber da erwies es sich, daß diese Helle gar nicht der Morgen, sondern der Abend war. Und die Sonne war, anstatt am Himmel immer höher zu steigen, wie ich erwartet hatte, im Begriff unterzugehen, und die Nacht, deren Ende ich auf meine Weise gerade begrüßt hatte, begann unerbittlich von neuem. Nun sozusagen das Gegenteil, ich meine den in der Dämmerung des Morgenrots endenden Tag, ich muß gestehen, daß ich es nie erlebt habe, und das quält mich, ich meine, mich nicht zu der Behauptung entschließen zu können, daß ich auch das erlebt hätte. Und doch habe ich oft die Nacht mit allen meinen kümmerlichen Kräften herbeigesehnt, von früh bis spät, und, ebensooft den Tag, von spät bis früh. Aber bevor ich dieses Thema verlasse und mich einem anderen zuwende, will ich freimütig bekennen, daß es niemals hell bei mir ist, niemals wirklich hell. Sie ist dort draußen, die Helle, die Luft sprüht davon, der Granit der Mauer gegenüber glitzert mit all seinem Glimmer, sie staut sich an meiner Scheibe, die

Helle, aber sie dringt nicht hindurch, so daß hier alles, ich will nicht sagen in Schatten oder gar in Halbschatten getaucht ist, aber in eine Art bleiernes Licht, das keinen Schatten wirft und von dem ich infolgedessen schwerlich wissen kann, woher es kommt, denn es scheint von allen Seiten auf einmal und in gleicher Stärke zu kommen. Und ich bin überzeugt, daß es zum Beispiel unter meinem Bett im Augenblick ebenso hell ist wie an der Decke zum Beispiel, was nicht viel besagt, aber mehr brauche ich nicht zu sagen. Was besagt es anderes, als daß es hier wirklich keine Farbe gibt, oder nur in dem Maße, als diese Art grauen Glühens eine ist. Ja, man könnte zweifellos von Grau sprechen, meinetwegen, und also würde das Spiel oder der Konflikt bei mir zwischen diesem Grau und dem Schwarz stattfinden, das es mehr oder weniger bedeckt, ich hätte fast gesagt, je nach der Tageszeit, aber es scheint nicht immer eine Frage der Tageszeit zu sein. Ich selber bin grau, ich habe sogar den Eindruck, manchmal Grau auszustrahlen, genauso wie meine Laken, zum Beispiel. Und sogar meine Nacht ist nicht die des Himmels. Schwarz ist natürlich überall schwarz. Aber wie ist es dann möglich, daß meinem kleinen Raum nicht die Sterne zugute kommen, die ich manchmal in der Ferne glänzen sehe, und daß dieser Mond, auf dem Kain sich unter seiner Bürde abmüht, mir nie das Gesicht erhellt? Kurz, es scheint das Licht von draußen zu geben, das der Menschen, die wissen, daß die Sonne zu einer bestimmten Zeit auftaucht und zu einer anderen wieder hinterm Horizont versinkt, und die sich darauf verlassen, die wissen, daß man immer mit Wolken rechnen muß und daß diese sich immer, früher oder später, wieder auflösen, und meines. Aber mein Licht hat auch sein Wechselspiel, ich will es nicht leugnen, seine Abend- und Morgendämmerungen, ich bin es, der es sagt, denn auch ich habe leben müssen, und davon erholt man sich nicht recht. Und wenn ich die Decke und die Wände recht betrachte, sehe ich, daß es keine Möglichkeit gibt, Licht bei mir zu machen, künstlich, wie die Leute gegenüber es zum Beispiel tun. Dazu müßte man mir eine Lampe geben, eine Fackel, was weiß ich, aber ich weiß nicht, ob diese Luft sich überhaupt zur Verbrennung eignet. Memorandum, ein Streichholz bei deinem Zeug, deinen Sachen suchen, sehen, ob es aufflammt. Auch die Geräusche, Schreie, Schritte, Türen und das Stimmengewirr hören während ganzer Tage auf, ich meine Tage der anderen. Dann ist Stille, von der ich mich wohlweislich begnügen werde zu sagen, daß sie nichts an, wie soll man sagen, nichts an, sagen wir, Negativem enthält. Und langsam hebt das Surren in meinem kleinen Raum wieder an. Sie werden sagen, daß es in meinem Kopf sei, und es scheint mir tatsächlich oft, daß ich in einem Kopf bin, daß diese acht, nein, diese sechs Wände aus massivem Bein bestehen, aber daraus schon zu schließen, der Kopf sei meiner, nein, das niemals. Eine Art Luft zieht darin herum, ich habe es gewiß schon gesagt, und wenn alles schweigt, höre ich, wie sie sich gegen die Wände wirft, die sie natürlich zurückwerfen. Und dann brauen und entfalten sich irgendwo in der Mitte andere Wellen, andere Stürme, daher wahrscheinlich das schwache Geräusch der Luftbrandung, die meine Stille ist. Oder es zieht ein Gewitter herauf, wie in der irdischen Atmosphäre, und übertönt die Schreie der Kinder, der Sterbenden und der Liebenden, von denen ich dann in meiner Naivität sage, sie hörten auf, während sie in Wirklichkeit niemals aufhören. Es ist schwer, irgend etwas zu behaupten. Und in dem Schädel ist das Vakuum? Ach was. Und wenn ich die Augen schließe, sie wirklich schließe, wie es die anderen nicht können, aber wie ich es kann, denn meine Ohnmacht hat Grenzen, dann steigt mein Bett manchmal und schwebt durch die Lüfte, den Wirbeln preisgegeben, wie ein Strohhalm, und ich darin. Es hängt glücklicherweise nicht von den Augenlidern ab, man muß gleichsam die Blenden der Seele schließen, dieser bohrenden, lauernden, unruhigen Seele, die man noch so sehr verleugnen mag, die in ihrem Käfig kreist wie in einer Laterne in der Nacht, in der es weder Häfen noch Schiffe noch Materie noch Verständnis gibt. O ja, ich habe meine kleinen Zerstreuungen, und sie sollten

Welch ein Unglück, der Bleistift muß mir aus der Hand gefallen sein, denn ich habe ihn gerade erst nach achtundvierzigstündigen (siehe irgendwo oben) mehrmals unterbrochenen Bemühungen wieder erwischt. Was meinem Stock fehlt, ist ein kleiner Greifrüssel, wie ihn die Nachttapire haben. Eigentlich müßte ich meinen Bleistift häufiger verlieren, das würde mir nicht schaden, ich glaube, daß ich mich dann sogar besser fühlen würde, ich würde lustiger sein, es würde lustiger sein. Ich habe gerade zwei unvergeßliche Tage verlebt, von denen wir niemals das geringste wissen werden, weil es jetzt zu spät ist, oder noch zu früh, ich weiß nicht mehr, es sei denn, daß sie mir gestatteten, alles zu lösen und alles zu vollenden, ich meine alles, was Malone betrifft (so nenne ich mich nämlich zur Zeit) und den anderen, denn der Rest geht mich überhaupt nichts an. Und es war, etwas unsagbarer zwar, wie das Zerfallen zweier Haufen aus feinem Sand oder vielleicht aus Staub oder Asche, die zwar nicht gleich groß waren, aber gewissermaßen gleichmäßig dahinschwanden, und die, jeder an seinem Platz, das Unschätzbare hinterließen, das Abwesenheit heißt. Währenddessen versuchte ich, ruckweise meinen Bleistift wiederzubekommen. Es ist ein Venus, wahrscheinlich noch grün, mit fünf oder sechs Seitenflächen und an beiden Enden angespitzt, und so kurz, daß in der Mitte gerade noch Platz ist für meinen Daumen und die beiden folgenden Finger, die eine Klemme bilden. Ich bediene mich abwechselnd der beiden Spitzen, wobei ich oft an ihnen lutsche, ich lutsche gern. Und wenn sie stumpf werden, spitze ich sie mit meinen Fingernägeln, die lang, gelb und scharf sind und leicht brechen, aus Mangel an Kalk oder vielleicht Phosphat. So wird mein Bleistift allmählich immer kürzer, zwangsläufig, und der Tag wird kommen, an dem von ihm nur noch ein so winziges Stümpfchen übrigbleibt, daß ich es nicht mehr werde halten können. Ich drücke also möglichst wenig, aber die Mine ist hart und würde keine Spur hinterlassen, wenn ich nicht drückte. Aber ich sage mir, zwischen einer harten Mine, auf die man drücken muß, damit sie eine Spur hinterläßt, und einer weichen und fetten Mine, die die Seite schwärzt, fast ohne sie zu streifen, was mag da wohl der Unterschied hinsichtlich der Dauerhaftigkeit sein? O ja, ich habe meine kleinen Zerstreuungen. Besonders kurios ist, daß ich noch einen anderen Bleistift habe, einen französischen, einen langen, kaum berührten Zylinder, irgendwo in meinem Bett, glaube ich. Es besteht also kein Anlaß zur Beunruhigung, diesbezüglich. Und doch bin ich beunruhigt. Nun habe ich während der Jagd auf den Bleistift eine merkwürdige Entdeckung gemacht. Der Fußboden wird weiß. Ich habe ihn mit meinem Stock mehrmals abgeklopft, und er hat einen zugleich trockenen und hohlen, kurz, falschen Ton von sich gegeben. Auf diese Weise alarmiert, habe ich aufmerksam die anderen großen Oberflächen über mir und um mich herum betrachtet. Währenddessen verrann der Sand immer mehr, und ich sagte mir, ich werde ihn nie wiederbekommen, womit ich den Bleistift meinte. Und ich habe feststellen können, daß alle diese großen Oberflächen, oder sollte ich Unterflächen sagen, sowohl die waagerechten als auch die senkrechten, obwohl sie von hier aus nicht sehr senkrecht aussehen, auch erheblich blasser geworden sind, seit der letzten Inspektion, die ich weiß nicht wie lange her ist, was um so erstaunlicher ist, als die Dinge im allgemeinen mehr dazu neigen, mit der Zeit dunkler zu werden, glaube ich, abgesehen natürlich von den Kadavern und dann von gewissen noch lebenden Körperteilen, die verbleichen und aus denen das Blut entweicht, auf die Dauer. Soll das heißen, daß es jetzt, wo ich weiß, was geschieht, heller bei mir ist? Da kann ich nur nein sagen, es ist dasselbe Grau wie vorher, das bisweilen buchstäblich schimmert, dann trüb wird und verschießt oder, wenn man will, sich derart verdichtet, daß es meinen Blicken alles entzieht, außer dem Fenster, das gewissermaßen mein Nabel zu sein scheint und von dem ich mir sage, daß an dem Tage, an dem es sich ebenfalls verfinstern wird, ich beinahe wissen werde, woran ich mich zu halten habe. Nein, ich will damit nur sagen, daß ich beim Aufreißen meiner Augen am Ende dieser unruhigen Dunkelheit so etwas wie Gebein sehe, was nicht der Fall war bis jetzt, meines Wissens, und ich erinnere mich sogar deutlich an den Behang oder die Tapete, die stellenweise noch an den Wänden klebte und auf der sich Rosen wanden, Veilchen und andere Blumen in einer solchen Fülle, daß mir schien, davon zeitlebens nie so viele und nie so schöne gesehen zu haben. Aber von alledem scheint nichts zu überleben, jetzt, und wenn an der Decke keine Blumen waren, so war dort wahrscheinlich etwas anderes, Amoretten vielleicht, die ebenfalls verschwunden sind. Und während ich meinem Bleistift nachspürte, fiel in einem bestimmten Augenblick mein Schulheft, wie man in Anbetracht gewisser Anzeichen beinahe sagen könnte, ebenfalls auf den Boden, aber ich habe es schleunigst wieder erwischt, indem ich den Haken meines Stockes in einen der Risse des Heftdeckels gleiten ließ, und das Ganze vorsichtig anhob. Und während all dieser an Zwischenfällen und Störungen so reichen Zeit geriet, in meinem Kopf, nehme ich an, alles ins Gleiten und leerte sich wie durch Schleusentore, zu meiner großen Freude, bis schließlich nichts mehr übrigblieb, weder von Malone noch von dem anderen. Und, was wichtiger ist, ich folgte den verschiedenen Phasen dieser Erlösung und wunderte mich gar nicht darüber, bald eine Verlangsamung und bald eine Beschleunigung des Vorgangs zu beobachten, so klar waren mir die Gründe dafür, daß die Dinge sich nicht anders abspielen konnten. Und ich freute mich auch, unabhängig von dem Schauspiel, an dem Gedanken, daß ich jetzt wußte, was ich zu tun hatte, ich, der sein Leben lang im Finstern herumgetappt war und dessen Unbeweglichkeit sogar eine Art Herumtappen war, ja, ich habe viel auf der Stelle herumgetappt. Wobei ich mir natürlich wieder einmal Illusionen machte, ich meine, indem ich glaubte, in meiner lächerlichen Drangsal endlich klar zu sehen, aber doch nicht so klar, daß ich es mir jetzt nicht verzeihen könnte. Denn, indem ich mir sagte, Wie einfach und schön ist es! sagte ich mir auch, Alles wird sich von neuem verfinstern. Und ohne allzu großen Kummer finde ich uns so wieder, wie wir sind, nämlich Körnchen für Körnchen abzutragen, bis die Hand vor Müdigkeit anfängt zu spielen, sich auf der Stelle zu füllen und zu leeren, träumerisch, wie man so sagt. Denn ich hatte damit gerechnet, indem ich mir sagte, Endlich! Und ich muß für mein Teil sagen, daß diese Empfindung mir seit jeher vertraut ist, die einer müden und blinden, weich in meinen Partikeln wühlenden und sie durch ihre Finger fließen lassenden Hand. Und es passiert mir sogar, wenn alles ruhig ist, sie bis zum Ellbogen in mir eingetaucht zu fühlen, jedoch sanft und gleichsam schlafend. Aber bald zittert sie, erwacht, und beginnt, mich zu streicheln, zu umklammern, zu durchwühlen und zu zerschmettern, als wollte sie sich rächen, weil sie mich nicht beseitigen kann. Ich verstehe sie. Aber ich habe soviel sonderbare und sicherlich grundlose Dinge empfunden, daß es vielleicht besser wäre, sie zu verschweigen. Beispielsweise von den Perioden zu sprechen, in denen ich mich verflüssige und in den Schlammzustand übergehe, wozu würde es dienen? Oder von anderen, in denen ich so zusammengezogen und verhärtet bin, daß ich in einem Nadelöhr verschwinden könnte? Nein, das sind wohlgemeinte Versuche, die nichts an der Sache ändern. Ich sprach also von meinen kleinen Zerstreuungen und wollte, glaube ich, sagen, daß ich besser daran täte, mich damit zu begnügen, anstatt mich in diese stinklangweiligen Geschichten über Leben und Tod zu stürzen, wenn davon überhaupt die Rede ist, und das nehme ich doch an, denn es ist nie von anderem die Rede gewesen, meines Wissens. Aber zu sagen, worum es sich eigentlich handelt, dazu wäre ich nicht imstande, jetzt. Es ist vage, das Leben und der Tod. Ich habe meine eigene, kleine Idee haben müssen, als ich anfing, sonst hätte ich nicht angefangen, ich hätte mich ruhig verhalten, ich hätte mich ruhig weiter zu Tode gelangweilt, bei Spielchen mit den Kegeln und Zylindern, zum Beispiel, mit den Hirsekörnern für Vögel und anderen Panica, darauf wartend, daß jemand geruhte zu kommen, um meine Maße zu nehmen. Aber sie ist meinem Kopf entschlüpft, meine kleine Idee. Daran soll es nicht liegen, ich habe gerade eine andere. Es ist vielleicht dieselbe, die Ideen gleichen sich so sehr, wenn man sie kennt. Geboren werden, das ist meine jetzige Idee, das heißt, so lange leben, bis man weiß, was freies kohlensaures Gas ist, dann abdanken. Das ist im Grunde immer mein Traum gewesen. Alle Dinge, die im Grunde immer mein Traum gewesen sind. Soviel Bogensehnen und nie ein Pfeil. Man braucht kein Gedächtnis. Ja, das ist's, ich bin ein alter Fötus jetzt, ergraut und gebrechlich, meine Mutter kann es nicht mehr aushalten, ich habe sie verfaulen lassen, sie ist gestorben, sie wird mich durch die Nekrose gebären, Papa ist vielleicht mit von der Partie, ich werde schreiend mitten im Beinhaus landen, ich werde übrigens gar nicht schreien, lohnt sich nicht. Wieviel Geschichten habe ich mir erzählt, am Schimmel klebend und mich aufblähend, aufblähend. Wobei ich mir sagte, Es ist soweit, ich habe sie, meine Legende. Und was hat sich verändert, daß ich mich derart errege? Nein, sagen wir's, ich werde nicht geboren und folglich niemals sterben, das ist besser so. Und wenn ich von mir erzähle und dann von dem anderen, der mein Kleiner ist und den ich fressen werde, wie ich die anderen gefressen habe, so geschieht's wie immer aus Verlangen nach Liebe, verflucht nochmal, darauf war ich nicht gefaßt, nach einem Homunkulus, ich kann nicht aufhören. Und doch scheint mir, daß ich geboren wurde, und daß ich lange gelebt und Jackson getroffen habe und in den Städten, Wäldern und Wüsten herumgeirrt bin, und daß ich lange am Ufer der Meere in Tränen vor den Inseln und Halbinseln weilte, wo nachts die kleinen gelben, kurzlebigen Lichter der Menschen erglänzten und während der ganzen Nacht die großen, weißen und in frischen Farben leuchtenden Feuer, die in die Höhle drangen, wo ich glücklich war, auf dem Sande kauernd, im Schutz der Felsen, im Duft der Algen und des nassen Gesteins, im Lärm des Windes und der mich mit Schaum peitschenden oder am Strand schmachtenden und die Kiesel kaum kratzenden Wellen, nein, nicht glücklich, das niemals, aber hoffend, daß die Nacht niemals ende und der Tag nie wiederkomme, der die Menschen sagen läßt, Auf, auf, das Leben vergeht, man muß es nützen. Es ist übrigens nicht so wichtig, ob ich geboren wurde oder nicht, ob ich gelebt habe oder nicht, ob ich gestorben bin oder nur sterbe, ich werde so tun, wie ich immer getan habe, nicht wissend, was ich tue, wer ich bin, wo ich bin, ob ich bin. Ja, ich werde versuchen, um sie in meinen Armen zu halten, eine kleine Kreatur zu machen, nach meinem Ebenbild, was ich auch sagen mag. Und wenn ich erkenne, daß sie mißraten oder zu ähnlich ist, werde ich sie fressen. Dann werde ich lange Zeit allein sein, unglücklich, nicht wissend, was ich beten soll, noch zu wem.

Ich habe lange gebraucht, um ihn wiederzufinden, aber es ist geschafft. Woran habe ich ihn wiedererkannt? Ich weiß nicht. Und was hat ihn so sehr verändern können? Das Leben vielleicht, die Versuche zu lieben, zu essen, den Rächern zu entwischen. Ich schlüpfe in ihn, wahrscheinlich in der Hoffnung, etwas zu erfahren. Aber es sind Schichten, die weder Trümmer noch Spuren aufweisen, auf den ersten Blick. Ich werde schließlich doch Fährten finden. Mitten in der Stadt habe ich ihn aufgefunden, auf einer Bank sitzend. Er ist nun beinahe ein Greis. Woran habe ich ihn wiedererkannt? An den Augen vielleicht. Nein, ich weiß nicht, woran ich ihn wiedererkannt habe, ich werde nichts widerrufen. Er ist es vielleicht gar nicht. Nicht so wichtig. Er gehört jetzt mir. Es ist ein noch lebendes Wesen, und es ist überflüssig zu sagen, daß es männlichen Geschlechts ist. Es lebt jenes endende Leben, das wie eine Genesung ist, wenn meine Erinnerungen meine sind, und das man probiert, indem man hinter der Sonne her oder unterirdisch durch die Metrogänge trippelt. Rund herum der Strom der Gehetzten, die, mit Gepäck beladen, ihre Fahrkarten lösen, immerzu da, wo es nicht sein soll, und dann, wenn es nicht sein soll. Was soll ich sonst noch? Ja, die Tage waren also kurz und wohl ausgefüllt mit der Suche nach Wärme und nach Kleinigkeiten, die nicht allzu schlecht zu essen waren. Und man bildet sich ein, es gehe so bis zum Ende. Aber plötzlich beginnt alles wieder zu wüten und zu toben, man ist verloren im riesigen, klatschenden Farn oder wird durch sturmgepeitschte Steppen getrieben, so daß man sich fragt, ob man nicht tot ist, ohne es zu wissen, oder irgendwo neu geboren. Dann fällt es einem schwer, an die kurzen Jahre zu glauben, während deren die Bäcker oft nachsichtig waren, gegen Abend, und die Äpfel, ich bin immer ein Freund von Äpfeln gewesen, sozusagen gratis, wenn man sich zu helfen wußte, und während deren es Sonne und Obdach für den gab, der so was wirklich brauchte. Als ob es sich um mich handelte! Da sitzt er nun ganz ruhig auf seiner Bank, mit dem Rücken zum Fluß, und so gekleidet, wie wir es noch sehen werden, obwohl es auf die Kleider kaum ankommt, ich weiß, ich weiß, aber er wird nie andere haben, ich fühl's. Und wenn er sie schon seit langem hat, was man aus ihrem verschlissenen Zustand schließen könnte, so macht das nichts, es sind die letzten. Aber besonders der Mantel ist bemerkenswert, da er ihn nämlich bedeckt und den Blicken entzieht. Denn er ist von oben bis unten mit mindestens fünfzehn Knöpfen, in Abständen von höchstens drei bis vier Zoll, so gut zugeknöpft, daß er nichts von dem, was sich im Inneren abspielt, durchdringen läßt. Und sogar die Füße, die brav nebeneinander auf dem Boden stehen, verhüllt er zum Teil, trotz des doppelt geknickten Körpers, zunächst unten am Rumpf, wo die Oberschenkel einen rechten Winkel mit dem Becken bilden, und dann an den Knien, wo die Unterschenkel die Senkrechte fortsetzen, denn die Haltung ist in keiner Weise lasch, und fehlten nicht die Fesseln, so könnte man glauben, er würde von Fesseln gehalten, so regungslos und starr ist seine aus glatten Flächen und scharfen Winkeln gebildete Haltung, wie die des Kolosses von Memnon, Auroras vielgeliebtem Sohn. Womit auch gesagt ist, daß, wenn er geht oder nur aufrecht steht, der Saum seines Mantels buchstäblich den Boden fegt und das Geräusch einer Schleppe hervorruft, wenn er geht. Und dieser Mantel endet tatsächlich in Fransen, wie gewisse Vorhänge, und auch das Schußgarn der Ärmel liegt bloß und ist mit langen Flaumfäden behangen, die im Winde spielen. Und auch die Hände sind verhüllt, was nicht anders sein kann, denn die Länge der Ärmel dieses Elendsmantels entspricht dem übrigen. Aber der Kragen ist ganz geblieben, da er aus Samt oder vielleicht aus Felbel ist. Was nun die Farbe anbetrifft, denn die Farbe ist auch etwas Wichtiges, wenn man es noch so sehr bestreitet, so kann man nur sagen, daß das Grün darin vorherrscht. Und wenn man wetten würde, daß der Mantel in neuem Zustand uni grün war, so würde man nicht viel riskieren, schön grün, wie soll man sagen, fiakergrün, denn es gab früher Fiaker und Kutschen mit schönen, flaschengrünen Türfüllungen, ich selbst muß noch welche gesehen haben, und es würde mich auch nicht wundern, darin gereist zu sein. Aber vielleicht nenne ich dieses Kleidungsstück zu Unrecht einen Mantel und wäre ich besser beraten, darin einen Überzieher oder sogar einen Overall zu sehen, das ist nämlich seine eigentliche Wirkung, auf und über allem zu sein, mit Ausnahme des Kopfes natürlich, der hochmütig und unempfindlich aus seiner Umschlingung emporragt. Ja, die Passionen haben ihn geprägt, die Aktionen wahrscheinlich auch, aber er leidet nicht mehr, möchte man sagen, momentan. Aber kann man das jemals wissen? Was die Knöpfe angeht, so sind es eigentlich keine echten Knöpfe, sondern vielmehr kleine, zwei bis drei Zoll lange Holzzylinder mit einem Loch in der Mitte für den Faden, denn ein einziges Loch genügt vollauf, was man auch sagen mag, und zwar auf Grund der übermäßigen Ausweitung der Knopflöcher infolge der Abnutzung. Und wenn ich Zylinder sage, so gehe ich vielleicht ein wenig zu weit, denn wenn sich unter diesen Stöpseln oder Bolzen tatsächlich zylindrische befinden, so gibt es auch welche darunter, die keine genau bestimmte Form haben. Aber alle sind fast zweieinhalb Zoll lang und hindern dadurch die beiden Mantelseiten auseinanderzuklaffen, alle haben diesen gemeinsamen Zug. Was nun den Stoff dieses Kleidungsstückes angeht, so ist alles, was man darüber sagen kann, daß er beinahe wie Filz aussieht. Und die durch die verschiedenen Windungen und Zuckungen des Körpers darin eingeprägten Dellen und Beulen bleiben nach der Beruhigung noch eine ganze Weile bestehen. Soviel zu dem Mantel. Über die Schuhe werde ich mir ein andermal Geschichten erzählen, wenn ich daran denke. Der Hut, eine stolze Bombe, hart wie Stahl, mit schmaler eingerollter Krempe, hat am Hinterkopf einen breiten Spalt, der wahrscheinlich dazu bestimmt ist, die Aufnahme des Schädels zu erleichtern. Denn Mantel und Hut haben gemeinsam, daß jener zu groß ist, während dieser zu klein ist. Und obwohl die so gespaltene Krempe wie eine Klammer wirkt, verbindet eine Schnur den Hut nichtsdestoweniger zur größeren Sicherheit mit dem ersten Mantelknopf von oben, denn, nicht so wichtig. Aber wenn auch nichts mehr zur Struktur dieses Hutes zu sagen ist, so blieb das Wichtigste noch unausgesprochen, ich spreche nun natürlich von seiner Farbe, von der man lediglich sagen kann, daß sie in der grellen Sonne schwache sämische und perlgraue Schimmer aufweist, und daß sie sonst ins Schwarze spielt, ohne sich ihm jedoch jemals wirklich zu nähern. Und es wäre gar nicht erstaunlich, wenn dieser Hut früher irgendeinem Sportler gehört hätte, einem Turfisten oder einem Widderzüchter. Wenn man sie nun nicht mehr getrennt, sondern in ihrem Verhältnis zueinander betrachtet, wird man bald angenehm überrascht, indem man sieht, wie gut Mantel und Hut zueinander passen. Und man sagt sich, daß sie schließlich doch zu derselben Zeit gekauft sein konnten, der eine beim Schneider, der andere beim Hutmacher, vielleicht am selben Tage, von demselben Dandy, denn das gibt's, schöne Männer von sechs Fuß und größer, und alles entsprechend groß, außer dem kleinen, rassigen Kopf. Und es macht Freude, noch einmal einer jener unveränderlichen Beziehungen zu den sich gemeinschaftlich entwertenden Gliedern gegenüberzustehen, die beinahe bewirken, daß man sich, wenn man müde ist, ich hätte fast gesagt, mit der Unsterblichkeit der Seele abfindet, aber ich sehe keinen Zusammenhang. Aber, um nun zur eigentlichen Bekleidung überzugehen, der darunter liegenden und sogar intimen, denn wir haben bis jetzt nur die in aller Öffentlichkeit zu tragende Wind-und-Wetter-Kleidung kennengelernt, so ist es schwierig, diesbezüglich im Augenblick irgend etwas mit Sicherheit zu behaupten. Denn Sapo – nein, ich kann ihn nicht mehr so nennen, und ich frage mich sogar, wie ich diesen Namen bis jetzt ertragen konnte. Also, denn, wer denn, denn Macmann, das klingt kaum besser, aber es ist keine Zeit zu verlieren, denn, wenn Macmann splitternackt unter dieser, diesem Überrock wäre, so würde nichts davon an die Oberfläche dringen. Aber leider rührt er sich nicht. Seit dem Morgen ist er da, und jetzt ist es Abend. In einer Stunde ist es Nacht. Man schleppt die letzten, mit leeren Fässern beladenen Kähne mit ihren schwarzroten Schornsteinen in den Hafen. Schon wiegt das Wasser die orange, rosa und grünen Flammen der fernen Abendsonne, löscht sie wieder mit seinem Plätschern und läßt sie dann als breite, flackernde Flecken von neuem aufleuchten. Er wendet ihm den Rücken zu, aber der Fluß erscheint ihm vielleicht im gräßlichen Schrei der Möwen, die die Nacht in Hungerparoxysmen rund um die Ausflüsse der Abwässer gegenüber dem Hotel Bellevue versammelte. Ja, auch sie kreisen, bevor sie die hohen nächtlichen Felsen aufsuchen, ein letztes Mal fiebernd über dem Unrat. Er aber setzt seine Stirn den Leuten aus, die zahlreich in der Straße sind um diese Zeit, die ihr Tagewerk beendet und den ganzen, langen Abend vor sich haben. Die Türen der Büros, der Warenhäuser, und die anderen Türen kotzen sie aus, jede ihr Kontingent. Die so der Freiheit überlassenen Gruppen bleiben einen Augenblick dicht gedrängt auf dem Trottoir oder in der Gosse wie betäubt stehen und lösen sich dann auf, wobei jedes Wesen den ihm vorgezeichneten Weg einschlägt. Und selbst diejenigen, die wissen, daß ihnen zunächst dieselbe Richtung beschieden ist, denn die Zahl der Wege, die man zunächst einschlagen kann, ist letzten Endes nicht groß, selbst sie grüßen sich meistens und trennen sich, aber höflich, die einen, indem sie vielleicht behaupten, verspätet zu sein, die anderen, weil sie angeblich in einem anderen Viertel etwas zu erledigen, kurz irgend etwas zu tun haben, oder aber ohne irgendeine Erklärung, denn schließlich hat jeder seine Gewohnheiten und kennt die der anderen und weiß, wie wenig man sich darauf verlassen kann. Und dem, der ausnahmsweise Lust hat, ein Stück des Weges in der Freiheit mit seinesgleichen, ganz gleich mit wem, zu gehen, ist nicht zu helfen, es sei denn, er hätte das Glück, gerade an dem Abend am Ausgang der Werkstatt oder des Kontors auf einen anderen zu stoßen, der unter dem gleichen Bedürfnis leidet. Glücklich gehen sie dann einige Schritte zusammen und trennen sich wieder, indem sich vielleicht jeder sagt, jeder für sich, Jetzt wird er glauben, er könne sich alles erlauben, oder einen wahrscheinlich kürzeren und sogar unvollendeten Satz nach dem Muster jener, mit denen allein man sich von den Kleinlichkeiten des Lebens in Gesellschaft erholt. Zu dieser Stunde also, die so vielen Leuten den Weg in die Erholung und zu den Zerstreuungen wieder öffnet, sind die Paare, von denen die meisten sich auf ein einfaches Problem erotischen Interesses konzentrieren, nicht sehr zahlreich neben den Einzelgängern, die in alle Richtungen über die Straßen und Kreuzungen streifen, die Zugänge der Vergnügungslokale verstopfen, mit den Ellbogen auf die Brüstung gestützt oder hier und da an die Mauern der Gebäude gelehnt. Aber bald werden sie dort ankommen, wo sie erwartet werden, die einen bei sich zu Haus oder bei Bekannten, die anderen draußen, wie man sagt, auf einem öffentlichen Platz oder an einem verabredeten Ort, oft in einem Hauseingang oder unter einem Wetterdach, für den Fall, daß es regnen sollte. Und von diesen letzteren haben die zuerst Angekommenen meistens nur wenig Vorsprung, denn, fürwahr, alle beeilen sich zusammenzukommen, da sie wissen, daß die Zeit kurz ist, die ihnen bleibt, um alles zu sagen, was sie auf dem Herzen und im Magen haben, und um die Dinge, die sie zu tun haben, zusammen zu tun, die Dinge, die man nicht allein tun kann. Da sind sie also wieder für einige Stunden in Sicherheit. Dann kommt der Schlaf, das Notizbuch mit dem dazugehörigen kleinen Bleistift, die gegähnten Adieus. Es gibt sogar welche, die einen Fiaker nehmen, um schneller zum Treffpunkt zu gelangen oder, wenn der Spaß vorbei ist, nach Hause zu kommen, oder zum Hotel, wo ihr weiches Bett sie erwartet. Dann sieht man das Pferd, das sich durch die kurze Etappe zwischen einer nahen Vergangenheit als Luxuspferd, oder Rennpferd, oder Lastpferd, oder Zugpferd bei gutsituierten Privatleuten und dem Schlachthof zieht. Es verbringt den Hauptteil seiner Zeit im Stillstand, mit bedrückter Miene und so tief herunterhängendem Kopf, wie Deichsel und Zaumzeug es gestatten, das heißt beinahe bis ans Pflaster. Aber die Fahrt verwandelt es, anfangs wenigstens, vielleicht wegen der Erinnerungen, die sie wachruft, denn allein die Tatsache, daß es trottet und zieht, dürfte es kaum entzücken, unter solchen Umständen. Aber wenn die Deichseln sich heben und ihm ankündigen, daß man endlich einen Fahrgast aufgeladen hat, oder, wenn, im Gegenteil, der Tragriemen beginnt in sein Rückgrat zu schneiden, je nachdem, ob der Gast sich mit dem Rücken zur Fahrtrichtung hingesetzt hat oder vielleicht, noch bequemer, mit dem Rücken zur Rückwand, richtet es den Kopf auf, drückt die Knie durch und setzt eine fast zufriedene Miene auf. Man sieht auch den Kutscher, ganz allein auf seinem Bock, zehn Fuß überm Boden, mit einer Decke über den Knien, ganz gleich, welches Wetter und welche Jahreszeit es sein mag, mit einer meist ursprünglich kastanienbraunen Decke, genau derselben, die er von der Kruppe seines Tiers gerissen hat. Er ist im allgemeinen wütend und puterrot, vielleicht weil er solange auf den Kunden gewartet hat, und die kürzeste zahlbare Fahrt scheint ihn bis zur Frenesie zu erregen. Mit seinen enormen, maßlosen Händen reißt er an den Zügeln oder läßt sie, halb aufstehend und nach vorn gebeugt, zornig auf die ganze Länge des Rückgrats klatschen. Und er jagt seine Equipage blindlings mitten durch verstopfte und düstere Straßen, mit einem von Flüchen übervollen Mund. Aber der Fahrgast, der den Ort, an den er sich zu begeben wünscht, genannt hat und weiß, daß er ebenso unfähig ist, auf die Entwicklung der Ereignisse einzuwirken wie der dunkle Kasten, in dem er eingesperrt ist, überläßt sich vielleicht dem angenehmen Gefühl, sich jeglicher Verantwortung entledigt zu haben, oder er denkt an das, dem er sich nähert, oder an das, von dem er sich entfernt, indem er sich sagt, das wird nicht immer so sein, und gleich hinterher, das ist doch immer so gewesen, denn es gibt nicht vierhundert Arten Fahrgäste. Also eilen Pferd, Kutscher und Fahrgast nach dem angegebenen Ort, auf dem kürzesten Wege oder auf Umwegen, mitten durch die Menge der anderen, die fehl am Platze sind. Und ein jeder hat seine Gründe, wobei jeder sich von Zeit zu Zeit fragt, was sie wert sind und ob es die richtigen sind, um eher dahin zu eilen, wohin er eilt, als anderswohin, als nirgendwohin, und die des Pferdes sind kaum unklarer als die der anderen, obwohl es oft erst weiß, wohin es geht, wenn es angekommen ist, und dann nicht mal. Und wenn dies wirklich die Abenddämmerung ist, so ist ein anderes bemerkenswertes Phänomen die Zahl der Fenster und Schaufenster, die einen Moment aufleuchten, beinahe wie die Abendsonne, obwohl das auch von der Jahreszeit abhängt. Aber für Macmann, uff, da ist er wieder, ist es ein richtiger Frühlingsabend, ein Tagundnachtgleichenwind wütet längs den Kais, die auf beiden Seiten des Flusses von hohen, roten Gebäuden flankiert werden, von denen viele Lagerhäuser sind. Oder es ist vielleicht ein Herbstabend, und diese Blätter, die in der Luft wirbeln, wer weiß woher sie gekommen sind, denn hier gibt es keine Bäume, sind nicht mehr die ersten des Jahres, die gerade grün gewordenen, sondern alte, die des langen Sommers Freuden hinter sich haben und jetzt nur noch zur Humusbereitung gut sind, jetzt, wo die Menschen und die Tiere keinen Schatten mehr brauchen, im Gegenteil, und die Vögel keine Nester mehr zum Legen oder Brüten, und wo selbst da, wo keine Herzen schlagen, die Bäume schwarz werden müssen, obwohl es offenbar welche gibt, die immer grün bleiben, man fragt sich warum. Und Macmann ist es wahrscheinlich gleich, ob es Frühling oder Herbst ist, es sei denn, er zieht den Sommer dem Winter vor oder umgekehrt, was kaum anzunehmen ist. Aber es wäre falsch zu glauben, er würde sich nie mehr rühren, er würde nie mehr den Platz oder die Haltung ändern, denn er hat noch das ganze Alter vor sich, und dann anschließend diese Art Epilog, bei dem man nicht recht weiß, worum es sich handelt, und der den gemachten Erfahrungen nicht so viel hinzuzufügen und keinerlei Licht in ihren Wirrwarr zu bringen scheint, der aber wahrscheinlich seinen Nutzen hat, da man ja auch das Heu trocknen läßt, bevor man es einfährt. Er wird also aufstehen, ob er will oder nicht, und über andere Orte zu einem anderen Ort gelangen, und von dort über noch andere zu einem noch anderen, es sei denn, er käme hierher zurück, wo es ihm gut zu gefallen scheint, aber nichts ist weniger sicher, und so weiter, und so weiter, lange Jahre lang. Weil man, um nicht zu sterben, kommen und gehen muß, wenn man niemanden hat, der einen an Ort und Stelle verpflegt, wie ich. Und man kann zwei, drei und sogar vier Tage regungslos sitzen bleiben, aber was ist das, vier Tage, wenn man das Alter vor sich hat und dann die langsame Evaporation, ein Strohhälmchen. Es ist wahr, daß man es noch nicht weiß, man glaubt, nur an einem Fädchen zu hängen, wie alle anderen, aber da liegt der Hase nicht im Pfeffer. Denn es nützt nichts, das eine oder das andere zu ignorieren, entweder weiß man alles, oder man weiß nichts, und Macmann weiß nichts, er will einzig und allein seine Ignoranz hinsichtlich gewisser Dinge bedenken, jener Dinge, die ihn unter anderen erschrecken, was menschlich ist, aber das wird sich schon legen. Und es ist sogar eine Fehlkalkulation, denn am fünften Tag muß man aufstehen, und man steht in der Tat auf, aber um wieviel schwerer, als wenn man sich am Vorabend darein geschickt hätte, oder besser noch am Vorvorabend, und warum es sich noch schwerer machen, es ist eine Fehlkalkulation, wenn es so ist, daß man es sich wirklich noch schwerer macht, und das ist nicht sicher. Denn am fünften Tag, wenn es sich darum handelt aufzustehen, denkt man nicht mehr an den vierten und dritten, man denkt nur an die Mühe, die man hat, da man zur Hälfte den Kopf verlor. Und manchmal gelingt es einem nicht, ich meine aufzustehen, und man muß bis zum nächsten Gemüsefeld robben, indem man sich der Grasbüschel und der Unebenheiten des Bodens bedient, um sich voranzuziehen, oder bis an die dichten Brombeersträucher, wo es manchmal etwas Gutes, wenn auch Säurebildendes, zu essen gibt, und die den Gemüsefeldern insofern überlegen sind, als man sich darin verkriechen und verstecken kann, was zwischen den Kartoffeln beispielsweise schwierig ist, besonders zur Zeit ihrer Reife. Manchmal scheucht man dort sogar scheue und verängstigte, aber selten bissige Tiere, sowohl gefiederte als auch behaarte, zum Spaß. Denn es ist nicht so, als hätte er die Mittel, sich an einem einzigen Tag genügend Viktualien zu beschaffen, um sich drei Wochen oder einen Monat lang am Leben zu halten, und was ist das, ein Monat, neben der ganzen Vergreisung, ohne von der Vertrocknung zu sprechen, ein Jammer. Aber er hat sie nicht, und hätte er sie, so würde er sie nicht ausnützen können, so fern fühlt er sich vom Morgen. Und wahrscheinlich glaubt er nicht mehr daran, weil er ihn vergeblich erwartet hat. Und er ist vielleicht an dem Punkt seines Augenblicks angelangt, wo leben heißt: als einziger Lebendiger in der Tiefe eines unbegrenzten Augenblicks herumirren, wo das Licht sich nicht verändert und alle Wracks sich gleichen. Die Augen, die kaum blauer als Eiweiß sind, starren vor sich in den Raum, der dann die völlige, ewige Ruhe der Abgründe wäre. Aber dann und wann schließen sie sich mit jenem sanften Ungestüm des Fleisches, das sich zusammenzieht, oft ohne Zorn, und sie schließen sich über sich selbst. Dann sieht man die alten, roten, verschlissenen Lider, die sich nur mühsam zu berühren scheinen, denn es sind ihrer vier, zwei für jeden Tränensack. Und vielleicht sieht er dann den Himmel des alten Traumes, der Seefahrten und auch der Erde, und die Krämpfe der Wellen, von denen sich keine bewegt, ohne daß alle anderen sich ebenso bewegen, und die so verschiedene Bewegung der Menschen, zum Beispiel, die nicht aneinander hängen, sondern frei, nach Belieben, kommen und gehen. Und sie machen gehörigen Gebrauch davon und kommen und gehen, mit ihren klappernden und knarrenden Kugelgelenken höherer Gliedertiere, jeder seines Weges. Und wenn einer stirbt, gehen die anderen weiter, als ob nichts geschehen wäre.

Ich fühle

Ich fühle, daß es kommt. Wie geht es, danke, es kommt. Ich wollte ganz sicher sein, bevor ich es aufschrieb. Peinlich genau bis zum Ende, ist Malone nun im Begriff, Haare zu spalten. Ich meine, sicher zu fühlen, daß es bald sein wird, denn ich habe nie daran gezweifelt, daß es früher oder später käme, außer an den Tagen vielleicht, an denen mir schien, es wäre schon gekommen. Denn ich kann mir noch so viele Geschichten erzählen, im Grunde habe ich nie aufgehört zu glauben, daß ich quicklebendig irdische Luft ein-

und ausatmete, auch an den Tagen, wo es an Gegenbeweisen nicht fehlte. Bald, das heißt in zwei oder drei Tagen, um mich so auszudrücken wie damals, als man mir die Namen der Tage beibrachte und ich mich darüber wunderte, daß es so wenige waren, meine Fäustchen schwenkte und, Mehr! Mehr! rief, und die Bedeutung der Zifferblätter, und was zwei oder drei Tage mehr oder weniger im ganzen gesehen sind, ein Witz. Aber, um sich wohl zu fühlen, muß man mit guter Miene das Spiel zu Ende verlieren, und ich brauche nur weiterzumachen, als müßte ich mich bis Johannis halten, denn ich glaube, das erreicht zu haben, was man Mai nennt, warum, weiß ich nicht, ich meine, warum ich das erreicht zu haben glaube, denn Mai kommt von Maia, verfluchter Mist, auch das habe ich behalten, die Göttin des Wachstums und des Überflusses, ja, ich glaube, in der Jahreszeit des Wachstums und des Überflusses angelangt zu sein, es ist ein bloßer Glaube, des Wachstums wenigstens, denn der Überfluß kommt erst später, bei der Ernte. Also ruhig, ruhig, es ist wieder ein Köder, ich werde Allerheiligen noch dasein, inmitten von Astern, nein, jetzt übertreibe ich, in diesem Jahr werde ich sie nicht über ihren Beinhäusern wimmern hören. Immerhin ist es verlockend, sich so ausgebreitet zu fühlen. Alles strebt den nächsten Tiefen zu, und besonders meine Füße, die schon zu normalen Zeiten soviel weiter von mir entfernt sind als alles übrige, von meinem Kopf meine ich, denn da hinein bin ich geflohen, ganz ohne Zweifel, meine Füße scheinen mir mehrere Meilen entfernt zu sein, und um sie bis zu mir heranzuziehen, um sie zu pflegen oder zu reinigen, meine ich, mehr als einen Monat zu brauchen, von dem Moment an, in dem ich sie ausfindig gemacht hätte. Es ist sonderbar, ich fühle meine Füße nicht mehr, das Gefühl ist aus Barmherzigkeit daraus geschwunden, und doch fühle ich sie jenseits der Reichweite des mächtigsten Teleskops. Ob es das ist, was man mit einem Fuße im Grabe sein nennt? Das gleiche gilt für den Rest, denn wenn es sich nur um ein lokales Phänomen handelte, hätte ich es nicht bemerkt, da ich mein Leben lang nur eine Folge oder eine Aufeinanderfolge lokaler Phänomene gewesen bin, ohne daß jemals etwas dabei herausgekommen wäre. Und auch meine Finger schreiben in anderen Breitengraden, und die Luft, die durch mein Heft atmet und ohne mein Wissen, wenn ich eingeschlummert bin, darin blättert, so daß das Subjekt sich vom Verbum entfernt und das Objekt irgendwo im Leeren landet, diese Luft ist nicht die dieser vorletzten Bleibe, und das ist gut so. Und auf meinen Händen liegt vielleicht ein Schatten von Blättern und Blumen und helle Flecken einer vergessenen Sonne. Und nun mein Geschlecht, ich meine den Schlauch selbst und besonders seine Mündung, durch die, als ich noch ein grüner Junge war, ganze Spermaladungen herausspritzten und mir mitten ins Gesicht flogen, eine nach der anderen, aber in so schneller Folge, daß man von einem einzigen, zusammenhängenden Strom hätte sprechen können, solange es dauerte, und durch die noch etwas Pisse sickern muß, von Zeit zu Zeit, sonst wäre ich an Urämie gestorben, ich rechne nicht mehr damit, ihn mit dem bloßen Auge zu sehen, nicht daß mir etwas daran läge, ich habe ihn lange genug gesehen, wir haben uns lange genug betrachtet, Auge in Auge, ich sage es nur so. Aber es ist noch nicht alles, und meine Extremitäten sind nicht die einzigen Teile, die auseinanderstrebten, jede in ihrer Richtung, weit weg von hier. Denn mein Arsch, zum Beispiel, dem man nicht nachsagen kann, das Ende von irgend etwas zu sein, es sei denn, man hielte ihn für die Mündung der Lippen, wenn er jetzt im Moment zu scheißen anfinge, was mich wundern würde, so glaube ich wirklich, daß die Kötel in Australien herauskommen würden. Und wenn ich noch einmal aufstehen sollte, wovor Gott mich bewahren möge, so würde ich ein gut Teil des Universums ausfüllen, scheint mir, oh, nicht mehr als liegend, aber es würde mehr auffallen. Denn es ist mir immer aufgefallen, daß man am wenigsten auffällt, wenn man sich hinlegt und nicht mehr rührt. Und siehe da, ich, der immer glaubte zusammenzuschrumpfen, bis ich endlich beinahe in einem Schmuckkästchen beerdigt werden könnte, siehe da, ich dehne mich aus. Oder aber die Hauptsache, um mit Jackson zu sprechen, ist so klein geworden, daß das Nebensächliche ihm grenzenlos erscheint, und unter der Hauptsache muß ich jenen winzigen Dickkopf verstehen, der, glaube ich, irgendwo in meinem wahren Kopf steckt, der sich noch nicht gebeugt hat, in den Trümmern meines gebeugten Kopfes, und er ist tatsächlich winzig, obwohl ich nicht verstehe, was die Hauptsache und das Nebensächliche damit zu tun haben, ich begreife es nicht, und vielleicht ist jene auf die Ausmaße eines Nachtfalteräugleins verkleinert und das andere die im Schatten ausgebreitete Ungeheuerlichkeit, das hätte ich vielleicht sagen müssen. Nicht so wichtig, die Hauptsache ist, da haben wir's schon wieder, daß ich trotz meiner Geschichten weiter in diesem Zimmer aushalte, nennen wir es ein Zimmer, ich bestehe darauf und mache mir keine Sorgen, ich werde solange darin aushalten wie nötig. Und wenn es mir jemals gelingt zu krepieren, so wird es nicht auf der Straße oder im Krankenhaus sein, sondern hier, inmitten meiner Sachen, neben diesem Fenster, das ich manchmal für eine gemalte Augentäuschung halte, wie Tiepolos Decke in Würzburg, was für ein Tourist muß ich gewesen sein, sogar das Trema ist mir nicht entfallen, aber es ist kein echtes Trema. Wenn ich mich nur darauf verlassen könnte, ich spreche jetzt wieder von meinem Totenbett. Und doch, wie oft habe ich, durch die Tür blickend, diesen alten Kopf herauskommen sehen, in Kniehöhe, denn ich wiege schwer, wegen der Knochen, und die Tür ist auch niedrig und wird immer kleiner, meiner Meinung nach. Und jedesmal stößt er gegen die Türverkleidung, denn ich bin lang, und der Flur ist schmal, und der meine Füße trägt, kann, um die Treppe zu betreten, nicht darauf warten, bis ich ganz da bin, auf dem Flur, meine ich, sondern er muß vorher eine Wendung beginnen, um nicht gegen die Wand zu stoßen, gegen die Wand des Flurs, meine ich. So daß mein Kopf gegen die Türverkleidung stößt, zwangsläufig. Und es ist ihm egal, meinem Kopf, in seinem jetzigen Zustand, aber der ihn trägt, schreit, Heh Bob, langsam! vielleicht aus Respekt, denn er kennt mich nicht, er hat mich nicht gekannt, oder aus Angst davor, sich die Finger zu klemmen. Peng! Langsam! Geh schon! Die Tür! Und dann ist das Zimmer endlich leer und bereit, nach der Desinfektion, denn kann man je wissen, eine kinderreiche Familie oder ein Turteltaubenpärchen aufzunehmen. Ja, es ist schon geschehen, man wartet nur darauf, es zu benützen, das sage ich mir. Aber ich sage mir so vielerlei, was ist wahr von diesem ganzen Geschwätz? Ich weiß nicht. Ich glaube nur, daß ich nichts sagen kann, was nicht wahr wäre, ich meine, was mir nicht schon geschehen wäre, es ist nicht dasselbe, aber das macht nichts. Ja, das ist es, was ich an mir liebe, jedenfalls eines der Dinge, die ich an mir liebe, die Gabe, sagen zu können, *Up the Republic!* zum Beispiel, oder Liebling! ohne mich fragen zu müssen, ob ich nicht besser meinen Mund gehalten oder etwas anderes gesagt hätte, ja, ich brauche nicht zu überlegen, weder vorher noch nachher, ich brauche nur den Mund zu öffnen, damit er von meiner alten Geschichte zeugt und von der langen Stille, die mich stumm gemacht hat, so daß alles in einer großen Stille geschieht. Und wenn ich jemals schweigen sollte, dann, weil nichts mehr zu sagen ist, auch wenn nicht alles gesagt wurde, auch wenn nichts gesagt wurde. Aber lassen wir diese morbiden Themen dahingestellt sein und kehren wir zu dem meines Hinscheidens zurück, in zwei oder drei Tagen, wenn ich mich recht erinnere. Dann wird es aus sein mit den Murphy, Mercier, Molloy, Moran und Malone und so weiter, es sei denn, daß es jenseits des Grabes weitergeht. Aber greifen wir nicht vor, wir wollen zunächst verscheiden, dann werden wir sehen. Wieviel Personen habe ich umgebracht, indem ich sie auf den Kopf schlug oder in Brand steckte. So unversehens danach gefragt, sehe ich nur vier, Unbekannte, ich habe nie jemanden gekannt. Ich habe Lust, wie ehemals, irgend etwas zu sehen, etwas, das ich mir nicht hätte vorstellen können. Da war auch der Alte, in London, glaube ich, schon wieder London, ich habe ihm die Gurgel mit seinem Rasiermesser durchgeschnitten. Das macht fünf. Mir scheint, daß er einen Namen hatte, der letzte. Ja, ich brauchte jetzt etwas Unvorhergesehenes, wenn eben möglich Buntes, es würde mir guttun. Denn ich werde vielleicht nur noch eine einzige Reise machen, in die langen Stollen, die ich kenne, mit meinen kleinen Sonnen und Monden, die ich aufhänge, und mit den Taschen voller Kieselsteine, zur Darstellung der Menschen und ihrer Jahreszeiten, nur noch eine einzige, das ist es, was ich mir wünsche. Dann wieder hierher zurück, zu mir, wie vage, um mich nicht mehr zu verlassen, nicht mehr von mir zu verlangen, was ich nicht habe. Wir werden vielleicht alle vereint, um uns nicht mehr zu verlassen, uns nicht mehr zu bespitzeln, wieder zurückkehren in dieses schmutzige, weißliche Zimmerchen, das so gewölbt ist, als wäre es aus Elfenbein geschnitzt, und was für Elfenbein, fast wie ein alter Zahnstumpf. Oder ich werde allein zurückkehren, so allein, wie ich gegangen bin, aber ich rechne nicht damit, ich höre sie von hier aus in den Gängen hinter mir her rufen, über den Schutt stolpern und mich anflehen, daß ich sie mitnehme. Das steht nun fest. Die Zeit reicht gerade, wenn ich richtig kalkuliert habe, und wenn ich falsch kalkuliert habe, um so besser, ich kann nichts Besseres verlangen, ich habe übrigens nichts kalkuliert, ich habe auch nichts verlangt. Sie reicht gerade, um eine letzte Runde zu machen, zurückzukehren und alles zu tun, was ich hier zu tun habe, denn ich habe hier noch zu tun, ich weiß nicht mehr, was eigentlich, ach ja, meine Sachen in Ordnung bringen, und dann noch etwas anderes, ich weiß nicht mehr, aber es wird mir wieder einfallen, wenn es an der Zeit ist. Vor dem Aufbruch möchte ich nur ein Loch in der Wand finden, hinter der so außergewöhnliche Dinge geschehen, unaufhörlich, und oft bunt. Ein letzter, kurzer Blick und mir scheint, daß ich zufrieden aufbrechen könnte, wie nach

– ich hätte beinahe gesagt Cythere, es wird wirklich Zeit, daß es aufhört. Immerhin ist dies Fenster so, wie ich es mir wünsche, bis auf einen gewissen Punkt, das ist es, leg dich nicht fest. Es fällt mir zunächst auf, daß es sonderbar rund geworden ist, so daß es fast einem Mansardenfenster gleicht, oder einem Bullauge. Das macht nichts, wenn nur etwas auf der anderen Seite ist. Ich sehe vor allem die Nacht, was mich wundert, ich frag mich warum, weil ich mich wundern möchte, noch einmal. Denn bei mir ist keine Nacht, ich weiß es, hier ist niemals Nacht, was ich auch gesagt haben mag, aber es ist oft dunkler als jetzt, während da draußen tiefe Nacht ist, mit wenig Sternen, aber genug, um anzudeuten, daß dieser schwarze Himmel wirklich der Himmel der Menschen ist und nicht nur auf Glas gemalt, denn sie zittern, wie echte Sterne, was nicht der Fall wäre, wenn sie gemalt wären. Und als ob es nicht genügte, um mich zu vergewissern, daß es sich wirklich um draußen handelt, leuchtet nun das Fenster von gegenüber auf, oder aber es wird mir bewußt, daß es beleuchtet ist, denn ich gehöre nicht zu jenen, die auf den ersten Blick alles erfassen können, sondern ich muß lange hinschauen und den Dingen Zeit lassen für den langen Weg, der mich von ihnen trennt. Und das ist in der Tat ein glücklicher und verheißungsvoller Zufall, es sei denn, es wäre absichtlich so eingerichtet, um mich zu verhöhnen, denn ich hätte keine bessere Hilfe finden können, um diesen von der Welt unvollkommen abgeschlossenen Ort zu verlassen, als den nächtlichen Himmel, an dem nichts geschieht, obwohl er von Tumult und Gewalttätigkeit strotzt. Oder aber man muß die ganze Nacht vor sich haben, um dem langsamen Stürzen und Aufsteigen der anderen Welten zu folgen, wenn es sie gibt, oder um auf die Meteore zu warten, und ich habe nicht die ganze Nacht vor mir. Und es interessiert mich nicht, zu wissen, ob sie vor der Morgendämmerung aufgestanden sind oder ob sie sich noch nicht hingelegt haben oder ob sie mitten in der Nacht aufgestanden sind, mit der Absicht vielleicht, sich wieder hinzulegen und zu schlafen, sobald sie fertig sein werden, und es genügt mir, sie einander gegenüberstehen zu sehen, hinterm Vorhang, der dunkel ist, so daß es ein dunkles Licht ist, wenn man so sagen kann, das ihnen einen unscharfen Schatten verleiht, denn sie kleben so eng aneinander, daß man von einem einzigen Körper sprechen könnte und infolgedessen von einem einzigen Schatten. Aber wenn sie schwanken, sehe ich gut, daß es zwei sind, sie können sich noch so verzweifelt aneinander klammern, man sieht doch, daß es zwei verschiedene und voneinander getrennte Körper sind, von denen jeder in seinen Grenzen eingeschlossen ist, und die einander nicht brauchen, um zu kommen und zu gehen und sich am Leben zu erhalten, denn dazu genügen sie sich vollkommen, jeder für sich. Ihnen ist vielleicht kalt, daß sie sich so reiben, denn die Reibung erhält die Wärme und erzeugt sie wieder, wenn sie verschwunden ist. Das alles ist ganz hübsch und seltsam, dies große, komplizierte, aus mehreren bestehende Etwas, das schwankt und schaukelt, denn sie sind vielleicht drei, aber eigentlich fast farblos. Doch die Nacht muß heiß sein, denn da hebt sich der Vorhang und ein ganzes Bukett bezaubernder Farben leuchtet auf, Blaßrosa und Weiß vom Fleisch, dann ein helleres Rosa, das von einem Kleidungsstück herrühren muß, und auch Gold, das ich mir aus Zeitmangel nicht erklären kann. Ihnen ist also nicht kalt, da sie sich so leicht angezogen mitten im Durchzug aufhalten können. Ach, wie töricht ich bin, ich sehe jetzt, was es ist, sie müssen im Begriff sein, sich zu lieben, so wird das wohl gemacht. Gut, es hat mir gutgetan. Ich werde schauen, ob der Himmel immer noch da ist, dann werde ich gehen. Sie stehen direkt am Vorhang jetzt, sie rühren sich nicht mehr. Ist es möglich, daß sie schon fertig sind? Sie haben sich stehend geliebt, wie die Hunde. Sie werden einander bald verlassen können. Oder sie verschnaufen vielleicht nur, bevor sie rangehen. Vor und zurück, wie gut das tun muß. Sie scheinen zu leiden. Schon gut, es langt, adieu.

Vom Regen überrascht und fern von jedem Unterschlupf blieb Macmann stehen und legte sich hin, wobei er sich sagte, Die so an den Boden gepreßte Oberfläche wird trocken bleiben, während ich stehend überall gleichmäßig naß werden würde, als ob der Regen ein einfaches Tropfen-Stunden-Problem wäre, wie die Elektrizität. Er warf sich also auf den Bauch, nach kurzem Zögern, denn er hätte ebensogut fallend eine Rückwärtsdrehung ausführen, oder, auf dem goldenen Mittelweg bleibend, sich auf eine der beiden Seiten legen können. Aber ihm schien, daß Nacken und Rükken bis zu den Lenden anfälliger wären als Brust und Bauch, da er sich nicht klarmachte, nicht klarer, als wenn er eine Tomatenkiste gewesen wäre, daß alle diese Partien innig und sogar unlösbar miteinander verbunden sind, bis der Tod eintritt, freilich, und mit manchen anderen noch, von denen er nicht die geringste Ahnung hatte, und daß ein Wassertropfen zu ungelegener Zeit auf dem Steißbein beispielsweise Risoriuskrämpfe heraufbeschwören kann, die jahrelang dauern, ebenso wie es vorkommt, daß man nach einem Fußmarsch quer durch einen Sumpf ganz plötzlich zu husten und zu niesen beginnt, ohne irgend etwas an den Beinen zu spüren, es sei denn eine Art Wohlbefinden, das man vielleicht der Wirkung des Moorwassers verdankt. Es war ein schwerer, kalter und senkrechter Regen, was Macmann vermuten ließ, daß er von kurzer Dauer wäre, als ob eine Beziehung zwischen der Heftigkeit und der Dauer bestünde, und daß er sich in zehn Minuten, einer Viertelstunde erheben könnte, mit staubiger Vorderseite. Da haben wir nämlich so eine Geschichte, wie er sie sich sein Leben lang erzählt hat, wenn er sagte, Es ist unmöglich, daß dies noch lange so weitergeht. Es war irgendwann am Nachmittag, unmöglich genau zu wissen wann, der fahle Tag dauerte schon Stunden um Stunden, es war also Nachmittag, sehr wahrscheinlich, sehr. Die regungslose Luft schien, ohne kalt zu sein wie im Winter, weder Wärme zu verheißen noch daran zu erinnern. Von dem Wasser belästigt, das durch den Spalt in seinen Hut floß, nahm Macmann ihn ab und setzte ihn auf seine Schläfe, das heißt er drehte den Kopf und legte seine Wange an den Boden. Seine Hände, am Ende der gespreizten Arme, umklammerten jede ein Grasbüschel, mit einer Energie, als klebte er am Abhang einer Steilküste. Setzen wir diese Beschreibung fort. Der Regen walkte seinen Rükken, was sich zunächst wie Trommeln, bald aber wie Wäsche anhörte, wie wenn man die Wäsche in der Waschmaschine tanzen läßt, glucksend und saugend, und er nahm ganz deutlich und interessiert wahr, wie verschieden, vom akustischen Gesichtspunkt aus, der Regen auf ihn und auf die Erde fiel, denn er hatte das Ohr, das sich auf derselben Ebene wie die Wange befindet oder beinahe, an die Erde gepreßt, was selten vorkommt, bei Regenwetter, und er hörte sozusagen das ferne Heulen der trinkenden Erde und die Seufzer des gebeugten, triefenden Grases. Der Gedanke einer Züchtigung kam ihm in den Sinn, der eigentlich an diese Schimäre gewöhnt und wahrscheinlich durch die Haltung des Körpers und die wie im Schmerz verkrampften Finger beeindruckt war. Und ohne genau zu wissen, welche Sünde er begangen hatte, fühlte er doch, daß Leben keine ausreichende Strafe dafür war, oder daß diese Strafe an sich eine Sünde war, die andere Strafen nach sich zog, und so weiter, als ob es etwas anderes geben könnte als Leben, für die Lebenden. Und er hätte sich wahrscheinlich gefragt, ob man wirklich schuldig sein müsse, um bestraft zu werden, hätte er nicht die immer bedrückende Erinnerung daran, eingewilligt zu haben, in seiner Mutter zu leben und sie zu verlassen. Aber auch darin konnte er nicht seine wahre Sünde sehen, sondern eher noch eine Strafe, die er nicht zum Guten hatte wenden können und die, weit davon entfernt, ihn von seiner Sünde reingewaschen zu haben, ihn nur noch weiter hineingetrieben hatte. Und eigentlich waren die Ideen der Sünde und Strafe allmählich in seinem Geist verschmolzen, wie die der Ursache und Wirkung es oft bei jenen sind, die noch denken. Und oft litt er zitternd und sagte sich, Das wird mir teuer zu stehen kommen. Aber nicht wissend, wie er es anfangen sollte, um richtig zu denken und zu fühlen, begann er ohne Grund zu lächeln, wie jetzt, wie damals, denn es ist schon viel Zeit vergangen seit jenem Nachmittag, im März vielleicht oder vielleicht im November, nein, eher im Oktober, als der Regen ihn überraschte, fern von jedem Unterschlupf, zu lächeln und zu danken für diesen strömenden Regen und die sich daraus ergebende Verheißung von Sternen, die danach erglänzen würden, um seinen Weg zu beleuchten und ihm zu gestatten, sich zu orientieren, falls er Lust dazu hätte. Denn er wußte nicht genau, wo er war, er wußte nur, daß er in einer Ebene war und daß weder das Gebirge noch das Meer noch die Stadt weit weg waren, und daß ihm nur ein kleiner Lichtschimmer genügen würde und ein paar Fixsterne, um sich merklich dem einen oder dem anderen oder dem dritten zu nähern, oder um sich weiter in der Ebene aufzuhalten, je nach dem gefaßten Entschluß. Denn um sich dort aufzuhalten, wo man sich gerade befindet, braucht man auch Licht, es sei denn, man ginge im Kreis herum, was in der Dunkelheit sozusagen unmöglich ist, oder man bliebe auf der Stelle stehen und rührte sich nicht mehr, bis der Morgen wieder graut, und dann stirbt man vor Kälte, es sei denn, daß es nicht kalt wäre. Aber Macmann wäre nach vierzig oder fünfundvierzig Minuten Wartens angesichts des immer noch strömenden Regens und des schließlich schwindenden Tageslichts mehr als menschlich gewesen, wenn er nicht begonnen hätte, sich das, was er getan hatte, vorzuwerfen, nämlich, sich auf der Erde ausgestreckt statt seinen Weg fortgesetzt zu haben, möglichst immer geradeaus, in der Hoffnung, früher oder später auf einen Baum oder auf Ruinen zu stoßen. Und anstatt sich über diesen so heftigen und so langen Regen zu wundern, wunderte er sich darüber, bei den ersten Tröpfchen nicht begriffen zu haben, daß es lange und heftig regnen würde, und daß er nicht stehenbleiben und sich hinlegen durfte, sondern im Gegenteil blindlings und schleunigst immer geradaus weitergehen mußte, da er nur ein Mensch war, nur ein Sohn und Enkel von Menschen. Aber zwischen ihm und jenen ernsten und würdigen Männern, zunächst mit Vollbart, dann mit Schnurrbart, bestand der Unterschied, daß sein Samen niemandem jemals etwas zuleide getan hatte. Er hing also an seinem Geschlecht nur in bezug auf seine Ahnen, die alle im Glauben, sich verewigt zu haben, gestorben waren. Und das Besser-zu-spät-als-gar-nicht, das den echten Männern, den echten Kettengliedern gestattet, ihren Fehler einzusehen, sich davon zu erholen und dem nächsten zuzustreben, das war zu hoch für Macmann, dem es manchmal schien, daß ihm die Ewigkeit nicht genügen würde, um sich in seiner Sterblichkeit zu suhlen und herumzuschleppen. Und, ohne so weit zu gehen, wer genug gewartet hat, wird immer warten, und wenn eine gewisse Frist abgelaufen ist, kann nichts mehr geschehen, niemand mehr kommen, nichts anderes mehr sein als bewußt vergebliches Warten. Das war vielleicht sein Fall. Und wenn man stirbt (beispielsweise), so ist es zu spät, man hat zu lange gewartet, man lebt nicht mehr lange genug, um aufhören zu können. Er war vielleicht so weit. Aber es sah nicht so aus, obgleich das, was man tut, kaum eine Rolle spielt, ich weiß, ich weiß, und ebensowenig das, was einem durch den Kopf geht. Ja, es sah wirklich nicht so aus. Denn nachdem er sich sein Tun und sein monströses Fehlurteil vorgeworfen hatte, drehte er sich, anstatt aufzustehen und sich wieder in Bewegung zu setzen, auf den Rücken, womit er seine ganze Vorderseite der Sintflut preisgab. Und da geschah es, daß seine Haare deutlich sichtbar wurden, zum ersten Male seit seinen barköpfigen Spaziergängen durch die lieblichen Gefilde seiner Heimat, da sein Hut an der Stelle liegengeblieben war, die sein Kopf gerade verlassen hatte. Denn wenn man an einem wilden und sozusagen grenzenlosen Ort platt auf dem Bauch liegt und sich dann auf den Rücken dreht, so ergibt sich eine seitliche Lageveränderung des ganzen Körpers, einschließlich des Kopfes, wenn man nichts absichtlich tut, um sie zu vermeiden, und der Kopf ruht dann ungefähr x Zoll von der Stelle, wo er gelegen hatte, entfernt, wobei x die Breite der Schultern in Zoll ist, denn der Kopf befindet sich genau mitten auf den Schultern. Befindet man sich aber in einem schmalen Bett, ich meine eines, das gerade breit genug ist, um einen aufzunehmen, eine alte Koje meinetwegen, so kann man sich noch so oft auf den Rücken drehen und dann auf den Bauch, und so weiter, der Kopf bleibt immer an derselben Stelle, wenn man nichts absichtlich tut, um ihn nach rechts oder nach links zu neigen, und es gibt wahrscheinlich Leute, die sich diese Mühe machen, in der Hoffnung, ein wenig Frische zu finden. Er versuchte die schwärzliche, strömende Masse zu betrachten, die alles war, was von der Luft und vom Himmel übrigblieb, aber der Regen tat seinen Augen weh und schloß sie. Dann öffnete er den Mund und blieb lange so liegen mit geöffnetem Mund und geöffneten Händen, die soweit wie möglich voneinander entfernt waren. Denn interessanterweise neigt man weniger dazu, sich an den Boden zu klammern, wenn man auf dem Rücken liegt, als wenn man auf dem Bauch liegt, das ist eine interessante Bemerkung, die sich für fruchtbare Erörterungen eignen könnte. Und wie er eine Stunde früher seine Ärmel aufgekrempelt hatte, um sich ganz fest an das Gras anklammern zu können, so krempelte er sie nun von neuem wieder auf, um zu spüren, wie der Regen auf die Handflächen hämmerte, die man auch die hohlen Hände nennt, oder die Handteller, je nachdem. Und mitten im – aber ich hätte beinahe das Haar vergessen, das sich in puncto Farbe damals zum Weiß ungefähr so verhielt wie die Farbtönung jener Stunde zum Schwarz, und das übrigens äußerst lang war, hinten und auf beiden Seiten. Und bei trockenem, windigen Wetter hätte es mit dem Gras gespielt, beinahe so wie Gras. Aber der Regen klebte es an den Boden und verknetete es mit Gras und Erde zu einer Art schlammigem Brei, nicht zu einem schlammigen Brei, zu einer Art schlammigem Brei. Und mitten in seinem schwersten Leiden, denn man bleibt nicht so lange in einer solchen Lage, ohne daß sie einem lästig wird, begann er zu wünschen, der Regen möchte nicht mehr aufhören und folglich auch sein Leiden oder Schmerz nicht, denn es war der Regen, der ihn fast mit Sicherheit leiden ließ, da die ausgestreckte Lage an sich nicht besonders unangenehm ist, als ob es eine Beziehung zwischen dem, der leidet, und dem, der leiden läßt, gäbe. Denn die Regenflut konnte aufhören, ohne daß er aufhörte zu leiden, so wie er aufhören konnte zu leiden, ohne daß darum die Regenflut aufhörte. Und diese wichtige Halbwahrheit ahnte er vielleicht schon. Denn während er bedauerte, die Zeit, die ihm noch zum Leben bliebe (und die dadurch angenehm abgekürzt worden wäre), nicht in diesem schweren, kalten (aber nicht eisigen) und lotrechten Regen, bald auf dem Bauch und bald auf dem Rücken liegend, verbringen zu können, war er nahe daran, sich zu fragen, ob er sich nicht irrte, wenn er glaubte, des Regens wegen zu leiden, und ob sein Unbehagen in Wirklichkeit nicht ganz andere Ursachen hätte. Denn es genügt den Leuten nicht zu leiden, sie brauchen vielmehr die Wärme und die Kälte, den Regen und sein Gegenteil, das schöne Wetter, und dazu die Liebe, die Freundschaft, eine schwarze Haut und die sexuelle und peptische Insuffizienz, zum Beispiel, kurz die Wutausbrüche und Verrücktheiten (die glücklicherweise zu zahlreich sind, um aufgezählt zu werden) des Körpers, einschließlich des Schädels und seiner Nebenanlagen, ich frage mich, was das bedeuten soll, wie der Klumpfuß, damit sie ganz genau wissen können, was eigentlich zu verhindern wagt, daß ihr Glück ungetrübt sei. Denn das ist etwas, dessen Unkenntnis man schwerlich erträgt. Es hat sogar Pedanten gegeben, die keine Ruhe fanden, bevor sie festgestellt hatten, ob ihr Sarkom am Pylorus saß oder, im Gegenteil, eher am Duodenum. Aber das sind Aufschwünge, zu denen Macmann noch die Flügel fehlten, er war sogar eine Kreatur, die ihrem Temperament nach eigentlich ganz erdverbunden war, und er eignete sich kaum für die reine Vernunft, vor allem nicht unter den Umständen, unter denen wir das Glück hatten, ihn zu umschreiben. Und, um die Wahrheit zu sagen, stand er seinem Temperament nach den Reptilien näher als den Vögeln, und er konnte erhebliche Verstümmelungen erleiden, ohne zu erliegen, er fühlte sich sitzend wohler als stehend und liegend wohler als sitzend, so daß er sich bei dem geringsten Anlaß hinlegte und setzte und sich erst wieder erhob, um wieder aufzubrechen, wenn der *struggle for life* oder *élan vital* begann, ihm Feuer unterm Arsch zu machen. Und ein gut Teil seiner Existenz hat in steinerner Unbeweglichkeit verstreichen müssen, um nicht zu sagen drei Viertel und sogar vier Fünftel, in einer anfänglichen Unbeweglichkeit der Oberfläche, die aber nach und nach, ich will nicht sagen auf die vitalen Partien übergriff, aber mindestens auf das Empfindungs- und das Begriffsvermögen. Es ist anzunehmen, daß er als Erbteil von seinen zahlreichen Altvorderen durch die Vermittlung seines Papas und seiner Mama infolge eines glücklichen Zufalls außer anderen Vorzügen natürlich ein unverwüstliches vegetatives System erhalten hatte, um das Alter erreicht zu haben, das er gerade erreicht hat, und das nur ein Witz ist neben dem Alter, das er erreichen wird, ich kenne mich darin aus, ohne ernste Panne, ich meine solche, die ihn auf der Stelle von der Liste der Sterbenden streichen würde. Denn niemand ist ihm jemals zu Hilfe gekommen, um ihm zu helfen, die Dornen und Fallen zu umgehen, mit denen der Weg des Unschuldigen besät ist, sondern er hat stets nur über seine eigenen Kräfte und Mittel verfügt, um ohne tödliche Verletzung vom Morgen zum Abend und dann vom Abend zum Morgen zu gehen. Vor allem hat er stets nur sehr wenig Gaben, und ganz unbedeutende, in klingender Münze empfangen, was nicht richtig gewesen wäre, wenn er sich so etwas hätte beschaffen können, im Schweiße seines Angesichts oder mit Hilfe seiner Intelligenz. Aber wenn er zum Beispiel den Auftrag bekommen hatte, ein Feld Mohrrübchen zum Beispiel, oder Radieschen, zum Tarif von drei oder sogar sechs Pence zum zweitenmal zu jäten, so passierte es ihm immer wieder, daß er alles ausriß, aus Zerstreutheit, oder hingerissen von ich weiß nicht welchem wütenden Verlangen, das ihn beim Anblick der Gemüse und sogar der Blumen überkam, und das ihn buchstäblich blind für sein wahres Interesse machte, dem Verlangen, Tabula rasa zu machen und nur noch etwas kastanienbraune, von ihren Schmarotzern befreite Erde vor Augen zu haben, konnte er oft einfach nicht widerstehen. Oder, ohne so weit zu gehen, alles verschwamm einfach vor seinen Augen, er unterschied die zur Verschönerung des Heims oder zur Ernährung von Menschen und Tieren bestimmten Pflanzen nicht mehr vom Unkraut, von dem gesagt wird, es sei zu nichts nütze, das aber doch seine Nützlichkeit haben muß, um von der Erde so gefördert zu werden wie der bei den Hunden so beliebte Hundszahn, aus dem einen Tee zu bereiten den Menschen ihrerseits gelungen war, und das Gerät fiel ihm aus den Händen. Und sogar die niedrigen Arbeiten der Straßenreinigung, in die er sich mehr als einmal gestürzt hatte, indem er sich sagte, er sei vielleicht ein Straßenfeger, ohne es zu wissen, gelangen ihm kaum besser. Und er war selbst gezwungen zuzugeben, daß es da, wo er gefegt hatte, bei seinem Fortgehen noch schmutziger aussah als bei seinem Kommen, als hätte ein Dämon ihn dazu getrieben, sich seines Besens, seiner Schippe und seiner Schubkarre, die alle von der Stadtverwaltung gratis zu seiner Verfügung gestellt worden waren, zu bedienen, um die Dreckhaufen da hervorzuholen, wo der Zufall sie den Blicken der Steuerzahler entzogen hatte, und um die so wieder erfaßten den schon sichtbaren hinzuzufügen, die zu beseitigen er beauftragt war. So daß man gegen Abend längs des ganzen ihm anvertrauten Sektors die Apfelsinen- und Bananenschalen, Kippen, unbeschreiblichen Papierfetzen, Hunde- und Pferdekötel und anderen Kehricht sorgfältig längs der Bürgersteige konzentriert oder säuberlich mitten auf die Fahrbahn gefegt sah, mit dem augenscheinlichen Zweck, möglichst ekelerregend auf die Fußgänger zu wirken und ein Maximum an Unfällen heraufzubeschwören, darunter tödliche, durch Ausrutschen. Und doch hatte er sich ehrlich darum bemüht, die Erwartungen zu erfüllen, indem er die Arbeitsmethode seiner erfahreneren Kollegen beobachtete und sich danach richtete. Aber alles spielte sich so ab, als wäre er wirklich nicht Herr seiner Bewegungen, und als wüßte er nicht, was er tat, während er es tat, und nicht was er getan hatte, wenn er es einmal getan hatte. Denn es war nötig, daß man ihm sagte, Nun schauen Sie doch mal an, was Sie gemacht haben, indem man ihn sozusagen mit der Nase darauf stieß, sonst wurde es ihm nicht klar und glaubte er, verfahren zu sein, wie irgendein Mensch guten Willens an seiner Stelle verfahren wäre, und beinahe zu dem gleichen Ergebnis gekommen zu sein, trotz seiner mangelnden Erfahrung. Für die kleinen Dienste dagegen, die er sich selber leistete, wie wenn er zum Beispiel einen seiner Knopfstöcke, die kein langes Leben hatten, da sie meistens aus Holz und allen Witterungsunbilden der gemäßigten Zone ausgesetzt waren, ersetzen mußte, hatte er wirklich eine Ader, wie man sagt, und zwar ohne sich dabei irgendeines Werkzeugs zu bedienen. Und einen großen Teil seiner Existenz, das heißt, der Hälfte oder des Viertels seiner Existenz, die mit mehr oder weniger koordinierten Bewegungen des Körpers verbunden war, hatte er mit diesen kleinen, unbezahlten Herstellungs- und Wiederherstellungsarbeiten verbracht, die oft von einem gewissen Geschick zeugten. Denn es mußte sein, wenn er weiterhin kommen und gehen wollte, und eigentlich hing er nicht über die Maßen daran, aber es mußte sein, aus dunklen und, wer weiß, nur Gott bekannten Gründen, obwohl Gott eigentlich keine Gründe zu brauchen scheint, um zu tun, was er tut, und zu lassen, was er läßt, in demselben Maße wie seine Kreaturen. Aber wer weiß. So einer schien Macmann von einem gewissen Gesichtspunkt aus zu sein, einer, der unfähig war, ein Beet Stiefmütterchen oder Vergißmeinnicht zu jäten, ohne alles zu verwüsten, und dabei verstand, seine

Schnürstiefel mit Birkenrinde und Korbweidenband auszubessern, um von Zeit zu Zeit auf der Erde auf und ab gehen zu können, ohne sich zu sehr an den Kieselsteinen zu verletzen, an den Dornen und Glassplittern, die von der Fahrlässigkeit oder der Böswilligkeit der Menschen herrühren, und dabei kaum zu fluchen, denn es mußte sein. Denn er konnte nicht auf seinen Weg achtgeben und dort die Stellen aussuchen, wo er seine Füße Schritt für Schritt aufsetzen könnte (was ihm erlaubt hätte, barfuß zu gehen). Und hätte er es gekonnt, so hätte es ihn nicht viel weiter gebracht, weil er so wenig Herr seiner Bewegungen war. Und warum auch die bemoosten und ebenen Stellen anpeilen, wenn der Fuß daneben auf Kiesel und Scherben fällt oder bis zum Knie in Kuhfladen versinkt. Aber um nun zu Betrachtungen anderer Art überzugehen, ist es vielleicht angebracht, da Wünschen nichts kostet, Macmann eventuell eine allgemeine Lähmung zu wünschen, allenfalls mit Ausnahme der Arme, wenn das denkbar ist, an einem Ort, der möglichst gegen Wind, Regen, Geräusche, Kälte, Hitzewellen wie im siebten Jahrhundert und das Tageslicht geschützt ist, zu einem oder zwei Daunenkissen für alle Fälle und einer barmherzigen Seele, die, sagen wir, einmal wöchentlich Salzkartoffeln und Ölsardinen bringt, mit dem Zweck, den verhängnisvollen Termin bis an die äußersten Grenzen des Möglichen hinauszuschieben, das wäre phantastisch. Inzwischen aber begann Macmann, da die Tatsache, sich auf den Rücken gedreht zu haben, die Heftigkeit des Regens in keiner Weise gemildert hatte, unruhig zu werden, indem er sich wie im Fieberwahn nach rechts und nach links warf, sich aufknöpfte und wieder zuknöpfte und sich schließlich um sich selbst drehte, immer in derselben Richtung, welche, ist nicht so wichtig, zunächst mit einem kurzen Halt nach jeder Umdrehung, dann ohne wieder anzuhalten. Und im Prinzip hätte sein Hut ihm folgen müssen, weil am Mantel befestigt, und die Schnur hätte sich um seinen Hals wickeln müssen, aber nichts von alledem, denn die Theorie ist eine

Sache und die Wirklichkeit eine andere, und der Hut blieb da, wo er war, ich meine, an seinem Platz, wie eine aufgegebene Sache. Aber es wird vielleicht ein Tag, ein stürmischer Tag, kommen, an dem man ihn wieder trocken und leicht über die Ebene rollen und hüpfen und so bis an den Rand der Stadt oder des Ozeans gelangen sieht, aber nicht unbedingt. Es war nun nicht das erste Mal, daß Macmann sich über die Erde rollte, aber er hatte es stets ohne lokomotorischen Hintergedanken getan. Während er nun, indem er sich von dem Ort entfernte, an dem der Regen ihn, fern von jedem Unterschlupf, überrascht hatte, und der sich auch weiterhin, dank dem Hut, von der Umgebung abhob, begriff, daß er sich stetig und sogar mit einer gewissen Schnelligkeit wahrscheinlich an dem Bogen eines gigantischen Kreises entlang voranbewegte, denn er vermutete, daß eine seiner Extremitäten schwerer sei als die andere, ohne genau zu wissen welche, aber nur wenig. Und beim Rollen schmiedete und polierte er den Plan, die ganze Nacht weiterzurollen, wenn es sein müßte, oder zumindest solange seine Kräfte ihn nicht verlassen hätten, und sich so den Grenzen dieser Ebene zu nähern, die zu verlassen ihn eigentlich keinesfalls verlangte, die er aber nichtsdestoweniger verließ, das wußte er. Und ohne seine Geschwindigkeit zu verlangsamen, fing er an, von einem flachen Land zu träumen, wo er nie mehr aufzustehen und sich auch nicht aufrecht im Gleichgewicht zu halten brauchte, zuerst auf dem rechten Fuß, zum Beispiel, dann auf dem linken Fuß, und wo er wie ein großer mit Intelligenz und Willen begabter Zylinder kommen und gehen und so überleben könnte. Und ohne eigentlich Luftschlösser zu bauen, denn das

Schnell schnell meine Sachen. Ruhig, ruhig, zweimal, ich habe Zeit, Zeit genug, wie gewöhnlich. Mein Bleistift, meine beiden Bleistifte, der, von dem zwischen meinen enormen Fingern nur die ganz aus dem Holz herausgerutschte Mine übriggeblieben ist, und der andere, der lange, runde, irgendwo in meinem Bett, den ich in Reserve hielt, ich werde ihn nicht suchen, ich weiß, daß er da ist, falls ich Zeit habe, wenn ich fertig sein werde, werde ich ihn suchen, falls ich ihn nicht finde, werde ich ihn nicht haben, ich werde die Berichtigung eintragen, mit dem anderen, falls noch etwas davon übrigbleibt. Ruhig, ruhig. Mein Heft, ich sehe es nicht, aber ich fühle es in meiner linken Hand, ich weiß nicht, woher es kommt, ich hatte es nicht, als ich hier ankam, aber ich fühle, daß es mir gehört. Das ist es, als ob ich sechzig Jahre alt wäre. Auch das Bett würde mir also gehören und das Tischchen, die Schüssel, die Nachtgeschirre, der Schrank, die Decken. Aber nein, nichts von alledem gehört mir. Aber das Heft gehört mir, ich kann es nicht erklären. Die beiden Bleistifte also, das Heft und dann der Stock, den ich auch nicht hatte, als ich hier ankam, den ich aber als meinen Besitz betrachte. Ich muß ihn schon längst beschrieben haben. Ich bin ruhig, ich habe Zeit, aber ich werde möglichst wenig beschreiben. Er liegt mit mir im Bett, unter den Decken, früher rieb ich mich daran, indem ich mir sagte, Es ist eine kleine Frau. Aber er ist so lang, daß er unter dem Kopfkissen herausragt und weit hinter mir endet. Die Fortsetzung aus dem Gedächtnis. Es ist finster. Ich sehe kaum das Fenster. Es muß die Nacht schon wieder hereinlassen. Hätte ich Zeit, in meinen Sachen herumzufischen, sie bis ans Bett zu ziehen, einzeln oder mehrere zugleich, aneinanderhängend, wie das oft bei verwahrlosten Sachen der Fall ist, so würde ich nichts davon sehen. Und ich habe tatsächlich vielleicht Zeit dafür, nehmen wir an, ich hätte Zeit dafür, aber tun wir so, als hätte ich sie nicht. Aber es kann noch nicht so lange her sein, daß ich alles nachgesehen und kontrolliert habe, zu einer eigentlich helleren Zeit, im Hinblick auf diese Zeit. Aber seitdem habe ich wohl alles vergessen. Nein, nicht alles, es ist selten, daß man alles vergißt. Eine Nadel, die in zwei Korken steckt, damit sie mich nicht sticht, denn wenn die Spitze weniger sticht als das Öhr, nein, das geht nicht, denn wenn die Spitze mehr sticht als das Öhr, so sticht das Öhr auch, das geht auch nicht. Rund um den Schaft, der zwischen den beiden Korken zu sehen ist, ist noch ein Ende schwarzen Fadens gerollt. Es ist ein hübsches, kleines Ding, wie ein – nein, es gleicht nichts. Mein Pfeifenkopf, obwohl ich mich nie einer Tabakspfeife bedient habe. Ich habe ihn irgendwo finden müssen, auf dem Boden, unterwegs. Er lag da, im Gras, weggeworfen, weil er zu nichts mehr nütze war, da der Stiel abgebrochen war, jetzt fällt mir diese Einzelheit wieder ein, genau da, wo er in den Pfeifenkopf dringt. Man hätte diese Pfeife reparieren können, aber man hat sich wohl gesagt, Bah, ich werde mir eine andere kaufen. Aber ich habe nur den Pfeifenkopf gefunden. Das sind jedoch alles Vermutungen. Ich habe ihn vielleicht hübsch gefunden, oder ich habe für ihn das entsetzliche Gefühl des Mitleids gehabt, das ich so oft bei den Dingen hatte, besonders bei kleinen, tragbaren Dingen aus Holz und aus Stein, und das den Wunsch in mir wachrief, sie bei mir zu tragen und sie immer zu behalten, so daß ich sie aufhob und in meine Taschen steckte, oft unter Tränen, denn ich habe bis ins hohe Alter geweint, da ich mich auf dem Gebiet der Affektionen und Passionen nicht weiterentwickelt habe, trotz meinen Erfahrungen. Und ohne die Gesellschaft dieser kleinen Dinge, die ich hier und da, unterwegs, aufhob, und die bei mir manchmal den Eindruck erweckten, daß auch sie mich brauchten, wäre ich vielleicht auf den Umgang mit netten Leuten oder auf die Tröstungen irgendeiner Konfession angewiesen gewesen, aber ich glaube nicht. Und ich liebte es, daran erinnere ich mich, beim Gehen, mit den Händen tief in meinen Taschen, denn ich versuche, von der Zeit zu sprechen, in der ich noch ohne Stock und erst recht ohne Krücken ging, ich liebte es, die harten und glatten Dinge zu betasten und zu streicheln, die sich dort befanden, in meinen tiefen Taschen, es war meine Art, zu ihnen zu sprechen und sie zu beruhigen. Und ich schlief gerne mit einem Kieselstein, einer Roßkastanie oder einem Tannenzapfen in der Hand ein, und ich hielt ihn beim Erwachen noch fest, mit darüber geschlossenen Fingern, dem Schlaf zum Trotz, der aus dem Körper einen Lumpen macht, damit er sich ausruht. Und Dinge, die ich satt hatte oder die durch neue Lieben ersetzt wurden, warf ich weg, das heißt, ich suchte lange nach einem Ort, wo sie für immer in Frieden ruhen könnten, wo niemand sie jemals, es sei denn durch einen außergewöhnlichen Zufall, finden könnte, und solche Orte sind selten, und ich legte sie dort sorgsam nieder. Und manchmal beerdigte ich sie, oder ich warf sie ins Meer, so weit wie möglich vom Land weg, die, bei denen ich sicher war, daß sie nicht auf dem Wasser treiben würden, wenn auch nur kurz. Aber auch von den Freunden aus Holz habe ich eine gewisse Anzahl ins Meer versenkt, indem ich sie mit einem Stein belastete. Aber ich begriff, daß es nicht richtig war. Denn wenn die Schnur einmal verfault ist, werden sie wieder an die Oberfläche emporsteigen, wenn das nicht schon längst geschehen ist, und sie werden zur Erde zurückkehren, früher oder später. Auf diese Weise schaffte ich mir die geliebten Dinge vom Halse, die ich nicht mehr behalten konnte, infolge neuer Lieben. Und oft trauerte ich ihnen nach. Aber ich hatte sie so gut versteckt, daß selbst ich sie nicht mehr wiederfinden konnte. Das ist es, als ob ich noch Zeit totzuschlagen hätte. Es ist übrigens der Fall, ich weiß es im Grunde genau. Warum also tun, als ob Eile geboten wäre? Ich weiß nicht. Es eilt vielleicht trotz allem. Ich hatte soeben diesen Eindruck. Aber meine Eindrücke. Und wenn mir nicht soviel daran läge, mich an alles zu erinnern, was mir von allem, was ich hatte, geblieben ist, ein gutes Dutzend Dinge mindestens? Doch doch, es muß sein. Es ist also etwas anderes. Was sagte ich noch? Mein Pfeifenkopf. Ich habe mich also nie davon getrennt. Er diente mir als Behälter, ich steckte eine Menge Dinge hinein, ich frage mich, was ich alles dahineinstecken konnte, in einen so kleinen Raum, und ich hatte einen Deckel dafür hergestellt, aus Blech. Weiter. Armer Macmann. Fürwahr, es wird mir nie vergönnt gewesen sein, irgend etwas zu beenden, es sei denn die Atmung. Man soll nicht zuviel verlangen. Aber ob man so erstickt? Es ist anzunehmen. Und das Röcheln, wo bleibt das Röcheln? Vielleicht ist es doch nicht unerläßlich. Bei der Geburt geschrien haben und dann nicht einmal imstande sein zu röcheln. Wie einem das Leben die Lust zu protestieren nehmen kann. Weiter, es ist eine Kleinigkeit. Ich frage mich, was mein letztes Wort sein wird, geschrieben, die anderen verhallen, anstatt zu bleiben. Ich werde es nie wissen. Auch dieses Inventar werde ich nicht beenden, ein kleiner Vogel sagt es mir, der Paraclet vielleicht, mit dem Psittacus-Namen. Amen. Eine Keule jedenfalls, ich kann nichts daran ändern, es muß gesagt werden, wie es ist, ohne daß man es zu begreifen versucht, bis zum Ende. Es gibt Augenblicke, in denen ich das Gefühl habe, seit jeher hier zu sein, vielleicht sogar hier geboren zu sein. Das würde vieles erklären. Oder nach langer Abwesenheit hierher zurückgekehrt zu sein. Aber es ist vorbei mit den Gefühlen und Hypothesen. Diese Keule gehört mir, Punktum. Sie ist blutbefleckt, aber nicht genug, nicht genug. Ich habe mich schlecht gewehrt, aber ich habe mich gewehrt. Das sage ich mir manchmal. Ein hoher, ursprünglich gelber Schuh, ich weiß nicht mehr für welchen Fuß, für den linken wahrscheinlich, den meiner Levers. Der andere ist weg. Sie haben ihn mir genommen, am Anfang, als sie noch nicht wußten, daß ich nicht mehr gehen könnte. Und sie haben mir den anderen gelassen, in der Hoffnung, daß es mich ärgern würde, ihn so allein zu sehen. Die Menschen sind so. Aber vielleicht ist er oben auf dem Schrank. Ich habe ihn wirklich überall gesucht, mit meinem Stock, nur nicht oben auf dem Schrank. Und da ich ihn nie mehr suchen werde, weder auf dem Schrank noch anderswo, weder ihn noch etwas anderes, so gehört er mir nicht mehr. Denn es gehören mir nur die Sachen, von denen ich ziemlich genau weiß, wo sie liegen, um sie notfalls erreichen zu können, das ist die Definition, für die ich mich entschied, um meine Sachen zu definieren, da ich sonst nicht damit fertig würde, aber ich werde damit sowieso nicht fertig werden. Er hatte nicht viel Ähnlichkeit – aber ich sollte nicht darüber sprechen – mit dem, den ich immer noch habe, dem gelben, dessen Besonderheit die große Anzahl von Schnürlöchern ist, ich habe nie einen Schuh mit so vielen Schnürlöchern gesehen, die zum größten Teil unbrauchbar sind, da aus den Löchern, die sie einmal waren, Schlitze geworden sind. Alle diese Dinge liegen zusammen in der Ecke, wie Kraut und Rüben. Ich könnte sie erreichen, sogar in dieser Dunkelheit, ich brauchte es nur zu wollen. Ich würde sie tastend herausfinden, die Botschaft würde am Stock entlang zu mir gelangen, ich würde den gewünschten Gegenstand mit dem Haken bis unten ans Bett ziehen, ich würde ihn über den ganzen Fußboden auf mich zu gleiten und hüpfen hören, je mehr er sich nähert, um so weniger begehrt, ich würde ihn aufs Bett hissen und dabei aufs Fenster und auf die Zimmerdecke achtgeben, und schließlich würde ich ihn in meinen Händen haben. Wenn es mein Hut wäre, würde ich ihn vielleicht aufsetzen, das würde die gute alte Zeit in mir wachrufen, obwohl ich mich noch gut daran erinnern kann. Er hat keine Krempe mehr, er hat Ähnlichkeit mit einer Melonenglocke. Um ihn aufzusetzen und abzunehmen, muß man ihn wie einen Ball in beide Hände nehmen. Er ist vielleicht der einzige mir noch gehörende Gegenstand, an dessen Geschichte ich mich noch ziemlich gut erinnern kann, ich meine von dem Moment an, in dem er mein Eigentum wurde. Ich weiß, unter welchen Umständen er seine Krempe verloren hat, ich war dabei. Es geschah, um mir zu ermöglichen, ihn während des Schlafes aufzubehalten. Ich möchte, daß man ihn mit mir beerdigt, es ist eine harmlose Marotte, aber wie soll ich es machen? Memorandum, Ihn aufs Geratewohl aufsetzen und tief ins Gesicht ziehen, bevor es zu spät ist. Aber alles zu seiner Zeit. Ich frage mich, ob ich weitermachen soll. Ich fühle, daß ich mir vielleicht Dinge zuschreibe, die ich nicht mehr habe, daß ich andere abschreibe, die nicht weg sind, und daß es schließlich noch andere gibt, da unten in der Ecke, die einer dritten

Kategorie angehören, die jener, von denen ich nichts weiß und in bezug auf die ich infolgedessen weder riskiere, mich zu täuschen noch recht zu haben. Und ich sage mir auch, daß seit der letzten Kontrolle meiner Sachen Wasser unter der Butt Bridge hin- und hergeflossen ist, in beide Richtungen. Denn ich bin lange genug in diesem Zimmer versackt, um zu wissen, daß es Dinge gibt, die hier hinausgelangen, und daß andere hier hereinkommen, vermittels ich weiß nicht was. Und unter denen, die hinausgelangen, gibt es welche, die wiederkommen, nach mehr oder weniger langer Abwesenheit, und andere, die niemals wiederkommen. So daß von denen, die wiederkehren, mir einige wohlvertraut sind, und andere nicht. Ich begreife es nicht. Und, was noch sonderbarer ist, es gibt eine ganze Reihe von Gegenständen, die augenscheinlich nichts Besonderes gemeinsam haben, die mich nie verlassen haben, seitdem ich hier bin, sondern immer brav an ihrem Platz geblieben sind, in der Ecke, wie in einem x-beliebigen, unbewohnten Zimmer. Oder aber sie haben ganz schnell gemacht. Wie falsch das alles klingt. Aber nichts sagt mir, daß es immer so bleiben wird. Ich kann mir den veränderlichen Anblick meiner Sachen nicht anders erklären. So daß es mir, streng gesprochen, unmöglich ist, von einem Augenblick zum anderen zu wissen, was mir gehört und was nicht, gemäß meiner Definition. Also frage ich mich, ob ich meine Inventur fortsetzen soll, die vielleicht kaum mit der Wirklichkeit übereinstimmt, und ob ich nicht besser daran täte, Schluß damit zu machen und mich einer anderen Art Zerstreuung hinzugeben, einer harmloseren, oder ganz einfach zu warten, ohne irgend etwas zu tun, es sei denn, vielleicht zu zählen, eins, zwei, drei, und so weiter, bis ich endlich nicht mehr imstande wäre, mir zu schaden. So geht es einem, wenn man skrupulös ist. Wenn ich einen Penny hätte, würde ich ihm die Entscheidung überlassen. Fürwahr, die Nacht ist lang und arm an Rat. Wenn ich trotzdem bis zur Morgendämmerung nicht nachgeben würde? Nach alledem. Gute Idee, ausgezeichnete Idee. Wenn ich bei der Morgendämmerung immer noch da bin, werde ich weiter sehen. Ich bin schläfrig. Aber ich wage nicht zu schlafen. Immerhin sind Berichtigungen in extremis, in extremissimis immer noch möglich. Aber bin ich nicht gerade verschieden? Ach was, Malone, fang nicht wieder damit an. Wenn ich alle meine Sachen, so wie sie sind, heranzöge und zu mir ins Bett nähme. Würde es etwas nützen? Höchstwahrscheinlich nicht. Aber ich werde es vielleicht tun. Mir bleibt immer noch diese Möglichkeit. Wenn ich klarer sehe, Dann werde ich sie alle um mich haben, auf mir, unter mir, an meinen Seiten, ich werde inmitten meiner Sachen sein, in der Ecke wird nichts mehr sein, alles wird im Bett sein, bei mir. Ich werde mein Foto und meinen Stein in der Hand halten, damit sie nicht wegkommen. Ich werde meinen Hut aufsetzen. Ich werde vielleicht etwas im Mund haben, mein Zeitungspapier vielleicht, oder meine Knöpfe, und ich werde noch auf anderen Schätzen liegen. Mein Foto. Es ist kein Foto von mir, aber ich bin vielleicht nicht weit weg. Es ist ein Esel, von vorne aufgenommen und recht nah, am Ufer des Ozeans, es ist nicht der Ozean, aber für mich ist es der Ozean. Man hat natürlich zu erreichen versucht, daß er seinen Kopf höbe, damit seine schönen Augen sich auf dem Film niederschlügen, aber er hält ihn gesenkt. Man sieht an den Ohren, daß er nicht zufrieden ist. Man hat ihm einen Strohhut aufgesetzt. Die mageren, steifen, parallelen Beine, die kleinen Hufe, die kaum den Sand berühren. Die Umrisse sind verschwommen, es ist das Lachen des Fotografen, das den Apparat erzittern ließ. Der Ozean wirkt so unnatürlich, daß man in einem Atelier zu sein scheint. Aber müßte ich nicht eher das Gegenteil sagen. Die Kleider sind jedenfalls spurlos verschwunden, außer dem Schuh, dem Hut und drei Socken, ich habe sie gezählt. Wo sind meine Kleider hingeraten, mein Mantel, meine Hose und die Bauchbinde, die Herr Quin mir mit dem Hinweis gegeben hatte, er brauche sie nicht mehr? Man hat sie vielleicht verbrannt. Aber es handelt sich nicht um das, was ich nicht mehr habe, das alles zählt nicht in einem solchen Augenblick, was man auch sagen mag. Ich glaube übrigens, daß ich aufhören werde. Ich bewahrte das Beste für das Ende, aber ich fühle mich nicht wohl, ich gehe vielleicht hinüber, aber das würde mich wundern. Es ist eine vorübergehende Ohnmacht, so etwas kann jedem passsieren. Man wird ohnmächtig, dann geht's vorüber, die Kräfte kehren wieder, und man beginnt von neuem. Das ist es wahrscheinlich, was mir widerfährt. Ich gähne, würde ich gähnen, wenn es ernst wäre? Warum nicht. Ich äße gerne etwas Suppe, scheint mir, wenn etwas davon übrig wäre. Nein, selbst wenn etwas davon übrig wäre, würde ich nichts davon essen. Nee! Man erneuert meine Suppe nicht mehr seit einigen Tagen, habe ich es schon gesagt? Ich habe es sicher schon gesagt. Ich kann meinen Tisch noch so oft an die Tür schieben und wieder an mich heranziehen und ihn in der Hoffnung hin- und herbewegen, daß der Lärm wahrgenommen und richtig gedeutet wird von dem, den es angeht, falls es sich um ein Vergessen handeln sollte, die Schüssel bleibt leer. Das eine Nachtgeschirr bleibt dagegen voll, und das andere füllt sich langsam. Wenn ich jemals dazu komme, es ganz voll zu machen, werde ich beide auf den Fußboden entleeren, aber es besteht nur wenig Aussicht. Da ich nicht mehr esse, vergifte ich mich weniger, und meine Ausscheidungen werden seltener. Die Nachtgeschirre scheinen mir nicht zu gehören, ich habe nur die Nutznießung davon. Sie entsprechen vollkommen meiner Definition dessen, was mir gehört, aber sie gehören mir nicht. Vielleicht ist die Definition fehlerhaft. Jedes von ihnen hat zwei einander gegenüberliegende, den Rand überragende Henkel, was mir gestattet, sie zu verschieben, nachdem ich meinen Stock da hindurchgesteckt habe, und sie aufzuheben und niederzusetzen. Für alles wurde gesorgt. Oder es ist ein glücklicher Zufall. Es wird mir also nicht schwerfallen, sie umzukippen, wenn ich darauf angewiesen wäre, und zu warten, bis sie leer wären, so lange wie nötig. Die Erwähnung meiner Nachtgeschirre hat mich ein wenig aufgemuntert. Sie gehören mir nicht, aber ich sage meine Nachtgeschirre, wie ich mein Bett sage, mein Fenster, wie ich ich sage. Ich werde nichtsdestoweniger aufhören. Durch meine Sachen bin ich ohnmächtig geworden, wenn ich wieder anfinge, sie aufzuzählen, würde ich von neuem ohnmächtig werden, denn die gleichen Ursachen erzeugen die gleichen Wirkungen. Ich hätte über meinen Fahrradklingeldeckel sprechen mögen, über meine halbe Krücke, die Hälfte mit dem Querstück, man könnte sagen eine Babykrücke. Ich kann es übrigens noch tun, was hindert mich daran, ich weiß nicht, ich kann nicht. Wenn man bedenkt, daß ich vielleicht den Hungertod sterben werde, vielmehr den Entkräftungstod, nachdem ich diese Gefahr mein Leben lang mit Erfolg bekämpft habe. Ich kann es nicht glauben. Die gebrechlichen Greise füttert man bis zum Ende. Und wenn sie nicht mehr schlucken können, schiebt man ihnen einen Schlauch in den Oesophagus, oder ins Rectum, und man trichtert ihnen vitaminreichen Brei ein, um keinen Mord auf dem Buckel zu haben. Ich werde also schlicht und einfach am Alter sterben, übersättigt mit Tagen wie vor der Sintflut, mit vollem Bauch. Vielleicht glauben sie, ich sei tot. Oder sie sind selber tot. Ich sage sie, obwohl ich im Grunde nichts davon weiß. Am Anfang, aber war es der Anfang, habe ich eine alte Frau gesehen, dann eine Zeitlang einen alten, gelben Arm, aber all das führte wahrscheinlich nur die Befehle eines Konsortiums aus. Es ist tatsächlich manchmal so still, daß die Erde unbewohnt zu sein scheint. Soweit führt einen der Hang zur Verallgemeinerung. Man braucht nur ein paar Tage lang in seinem Loch keine anderen Geräusche mehr zu hören als die der Dinge, und schon beginnt man, sich für den letzten des Menschengeschlechts zu halten. Wenn ich anfangen würde zu schreien? Nicht daß ich die Aufmerksamkeit auf mich lenken möchte, es wäre nur ein Versuch, um herauszubekommen, ob jemand da ist. Aber ich mag nicht schreien. Ich habe leise gesprochen, ich bin leise gegangen, immer, wie es sich für einen gehört, der weder etwas zu sagen hat noch weiß, wohin er gehen soll. Denn unter diesen Umständen erregt man am besten kein Aufsehen. Ungeachtet der Möglichkeit, daß es in einem Umkreis von hundert Schritt keine Menschenseele gäbe und die Bevölkerung ringsherum so dicht wäre, daß die Leute übereinander laufen würden. Man wagt nicht, sich zu nähern. In diesem Falle würde ich mir völlig zwecklos die Lunge aus dem Halse schreien. Ich werde es trotzdem versuchen. Ich habe es versucht. Ich habe nichts Ungewöhnliches gehört. Doch, eine Art brennendes Knirschen in der Tiefe der Trachee, wie beim Sodbrennen. Mit etwas Übung würde ich letzten Endes vielleicht ein Wimmern von mir geben. Das beste wäre zu schlafen. Leider bin ich gar nicht mehr schläfrig. Ich darf übrigens nicht mehr schlafen. Wie ärgerlich. Ich habe den Anschluß verpaßt. Habe ich gesagt, daß ich nur einen Bruchteil der Dinge sage, die mir durch den Kopf gehen? Ich habe es wohl schon gesagt. Ich suche die heraus, die einen gewissen Zusammenhang miteinander aufzuweisen scheinen. Es ist nicht immer leicht. Ich hoffe, daß es die wichtigsten sind. Ich frage mich, ob ich einmal aufhören kann. Wenn ich meine Mine wegwürfe. Ich würde sie nie wiederbekommen. Es könnte mir leid tun. Meine kleine Mine. Es ist ein Risiko, das ich in diesem Augenblick nicht eingehen möchte. Was soll ich denn machen? Ich frage mich, ob es mir nicht gelingen könnte, mein Bett zu verschieben, wenn ich meinen Stock als Bootshaken benützte. Es könnte doch auf Röllchen stehen, wie so viele Betten. Es ist nicht zu glauben, daß ich mir diese Frage noch nie gestellt habe während der ganzen Zeit, die ich hier bin. Es gelänge mir vielleicht, es durch die Tür zu steuern, so schmal ist es, und es sogar die Treppe hinunterzubugsieren, wenn eine Treppe hinunterführt. Auf und davon! Die Dunkelheit ist gegen mich, einesteils. Aber ich kann ja mal versuchen festzustellen, ob das Bett nachgibt. Es genügt, den Stock gegen die Wand zu stemmen und zu drücken. Und ich sehe mich schon, wenn's klappt, eine kleine Runde in meinem Zimmer machen, bis es hell genug ist, um das Abenteuer zu wagen. Während dieser Zeit werde ich mich wenigstens nicht mehr selbst belügen. Und dann, wer weiß, die physische Anstrengung könnte mich vollends zur Strecke bringen, dank einem Herzschlag.

Ich habe meinen Stock verloren. Das ist das Hauptereignis dieses Tages, denn es ist wieder Tag. Das Bett hat sich nicht gerührt. Ich muß meinen festen Punkt wohl schlecht gewählt haben, in der Dunkelheit. Daran liegt es nämlich, Archimedes hatte recht. Als der Stock ausgerutscht war, hätte er mich aus dem Bett gerissen, wenn ich ihn nicht losgelassen hätte. Ich hätte natürlich besser auf das Bett verzichtet als meinen Stock zu verlieren. Aber ich hatte keine Zeit zum Überlegen. Der Furcht vor dem Fall verdankt man so manche Torheit. Es ist ein Desaster. Es nacherleben, darüber nachdenken und Lehren daraus ziehen, ist wahrscheinlich jetzt das Beste, was ich tun kann. Darin unterscheidet der Mensch sich von den Affen und schreitet, von Entdeckung zu Entdeckung, immer höher, dem Licht entgegen. Es wird mir nun, wo ich ihn nicht mehr habe, klar, was mein Stock war und was er für mich bedeutete. Und von da aus erhebe ich mich mühsam zu einem Verständnis des Stockes an sich, ohne alles Beiwerk, so wie ich es mir niemals erträumt hatte. Auf einmal ist mein Bewußtsein wunderlich erweitert. So daß ich nicht weit davon entfernt bin, in der wahren Katastrophe, die mich heimgesucht hat, das Glück im Unglück zu erblicken. Es ist ein Trost. Eine Katastrophe wahrscheinlich auch im antiken Sinne. Unter der Lava kalt wie Marmor bleiben, da sieht man, aus welchem Holz man geschnitzt ist. Zu wissen, daß man es besser machen kann, unvergleichlich besser, nächstes Mal, und daß es kein nächstes Mal mehr gibt, und daß es ein Glück ist, daß es keins mehr gibt, das ist Grund genug, sich eine Zeitlang zu ergötzen. Ich glaubte, das Maximum aus dieser Art Stab herausgeholt zu haben, wie ein Affe, der sich mit dem

Schlüssel seines Käfigs kratzt. Es ist übrigens das Beste, was man machen kann. Denn es ist mir jetzt klar, daß es mir bei einer intelligenteren Handhabung meines Stocks möglich gewesen wäre, mich aus dem Bett zu ziehen und mich vielleicht sogar wieder hineinzuwuchten, wenn ich es satt gehabt hätte, mich über den Boden oder die Treppe zu schleppen oder zu rollen. Das hätte ein wenig Abwechslung in meinen Verfall gebracht. Warum bin ich nicht drauf gekommen? Es ist wahr, daß ich mein Bett nicht verlassen wollte. Aber kann der Weise nicht Lust auf etwas haben, dessen Möglichkeit er sich nicht einmal denken kann? Ich begreife es nicht. Der Weise vielleicht. Aber ich? Es ist wieder Tag, jedenfalls das, was man hier dafür hält. Ich muß nach einer kurzen Entmutigungskrise, wie ich sie seit langem nicht mehr gehabt habe, eingeschlafen sein. Aber warum den Mut verlieren, einer der Schächer wurde erlöst, das ist ein guter Prozentsatz. Ich sehe den Stock auf dem Boden, nicht weit vom Bett. Das heißt, ich sehe einen Teil davon, wie von allem, was man sieht. Es ist so, als läge er am Äquator. Nein, nicht ganz so, ich werde vielleicht einen Weg finden, um ihn wiederzuerlangen, so erfinderisch bin ich. Alles ist also noch nicht ganz rettungslos verloren. Einstweilen gehört mir nichts mehr, gemäß meiner Definition, wenn ich mich recht erinnere, außer meinem Heft, meiner Mine und dem französischen Bleistift, vorausgesetzt, daß er wirklich existiert. Ich hatte recht, mit meiner Inventur aufzuhören, es war ein glücklicher Einfall. Ich fühle mich weniger schwach, man hat mich vielleicht ernährt, während ich schlief. Ich sehe auch das Nachtgeschirr, das nicht randvoll ist, ich werde es nicht mehr erreichen können. Ich werde wahrscheinlich gezwungen sein, ins Bett zu machen, wie einst als Baby. Man wird wenigstens nicht mit mir schimpfen. Nun genug von mir. Man könnte meinen, daß es mich erleichtert, ohne Stock zu sein. Ich habe eine Idee, wie ich ihn wiederkriegen könnte. Mir fällt gerade etwas ein. Wenn es ihre Absicht wäre, mir durch den Entzug der Suppe zum Ableben zu verhelfen? Man beurteilt die Leute zu schnell. Aber warum mich dann ernähren, während ich schlafe? Aber das ist nicht sicher. Aber wenn sie mir helfen wollten, wäre es dann nicht intelligenter, mir vergiftete Suppe zu geben, viel vergiftete Suppe? Vielleicht fürchten sie die Autopsie. Es sind weitblickende Leute, das sieht man. Das erinnert mich daran, daß ich unter meinen Sachen eine kleine, nicht etikettierte Phiole hatte, mit einigen Tabletten darin. Laxative? Sedative? Ich erinnere mich nicht mehr. Von ihnen Ruhe zu verlangen und nur einen Durchfall zu bekommen, das wäre ärgerlich. Die Frage erhebt sich übrigens nicht. Ich bin nämlich ruhig, aber nicht ganz, es fehlt mir noch etwas Ruhe. Und nun genug über mich. Ich werde sehen, was sie taugt, meine Idee, um meinen Stock wiederzukriegen. Ich muß tatsächlich sehr schwach sein. Wenn sie etwas taugt, werde ich versuchen, aus dem Bett zu gelangen, zunächst einmal. Sonst weiß ich nicht, was ich machen werde. Vielleicht mal sehen, was aus Macmann geworden ist. Ich habe immer noch diese Möglichkeit. Warum diese Betriebsamkeit? Ich werde nervös.

Eines Tages, viel später, nach seinem Aussehen zu urteilen, kam Macmann wieder zu sich, wieder einmal, in einem Asyl. Er wußte zunächst nicht, daß es eins war, da er mitten darin steckte, aber man sagte es ihm, sobald er imstande war, eine Mitteilung aufzunehmen. Man sagte ihm nämlich, ungefähr, Du bist hier im Sankt-Johannes-Asyl, mit der Nummer hundertsechsundsiebzig. Fürchte nichts, du bist unter Freunden. Stellen Sie sich das mal vor! Kümmere dich um nichts mehr, wir werden hinfort für dich denken und handeln. Wir tun das gern. Danke uns also nicht dafür. Außer der Nahrung, um dich am Leben und sogar gesund zu erhalten, wirst du jeden Samstag zu Ehren unseres Schutzpatrons eine halbe Pinte Porterbier und einen Priem bekommen. Es folgten die Instruktionen über Rechte und Pflichten, denn man gewährte ihm noch eine gewisse Anzahl Rechte, ungeachtet der Güte, die ihm zuteil wurde. Macmann, den es verblüffte, so stürmisch geduzt zu werden, da er bis dahin der Karitas entgangen war, begriff nicht sofort, daß er gemeint war. In dem Zimmer, oder der Zelle, wo er sich befand, wimmelte es von weißgekleideten Männern und Frauen. Sie drängten sich um sein Bett, und diejenigen, die in der zweiten Reihe standen, stellten sich auf die Fußspitzen und reckten die Hälse, um ihn besser sehen zu können. Der Sprecher war natürlich ein Mann in der Blütezeit seiner besten Jahre, mit Gesichtszügen, die gleichermaßen von Sanftmut und Strenge zeugten, und er trug einen schütteren Bart, der wahrscheinlich den Zweck hatte, seine Ähnlichkeit mit Christus hervorzuheben. Eigentlich improvisierte er weniger als er ablas, oder rezitierte, nach dem Papier zu urteilen, das er in der Hand hielt und auf das er von Zeit zu Zeit einen ängstlichen Blick warf. Er reichte dies Papier schließlich Macmann, zusammen mit einem Tintenstift, dessen Spitze er in seinen Mund gesteckt hatte, und bat ihn, es zu unterschreiben, wobei er darauf hinwies, daß es sich um eine pure Formalität handelte. Und als Macmann gehorcht hatte, sei es, weil er Angst hatte, bestraft zu werden, falls er sich weigerte, sei es, weil er den Ernst seines Tuns nicht begriff, nahm der andere das Papier wieder an sich, prüfte es nach und sagte, Mac was? In dem Augenblick wurde eine außerordentlich schrille und unangenehme Frauenstimme laut, die sagte, Mann, er heißt Macmann. Diese Frau stand hinter Macmann, so daß er sie nicht sehen konnte, und sie umklammerte mit jeder Hand eine Bettstange. Wer sind Sie? sagte der Bärtige. Jemand antwortete, Das ist doch die Moll, sie heißt doch Moll. Der Bärtige wandte sich zu dem, der gesprochen hatte, sah ihn einen Moment scharf an und schlug dann die Augen nieder. Natürlich, natürlich, sagte er, was ist nur mit mir los. Er fügte nach einer Pause hinzu, Es ist ein schöner Name, ohne daß man genau wissen konnte, ob dieses Lob dem schönen Namen von Moll oder dem schönen Namen von Macmann galt. Nicht so drängen, mein Gott noch mal! sagte er gereizt. Dann drehte er sich plötzlich um und schrie, Was haben Sie nur alle, daß Sie so drängen! Das Zimmer füllte sich nämlich infolge des Zustroms Neugieriger immer mehr. Ich jedenfalls gehe jetzt, sagte der Bärtige. Und alle zogen sich zurück, wie eine undisziplinierte Hammelherde, in der einer den anderen umrannte und jeder versuchte, sich vorzudrängen, mit Ausnahme von Moll, die sich nicht rührte. Aber als alle hinausgegangen waren, ging sie zur Tür, schloß sie und setzte sich dann auf einen Stuhl, am Bett. Es war eine kleine alte Frau, deren Körper und Gesicht überaus häßlich waren. Sie scheint dazu berufen, eine gewisse Rolle bei den bemerkenswerten Ereignissen zu spielen, die mir, wie ich hoffe, gestatten werden, endlich ein Ende zu finden. Die mageren, gelben und durch irgendeine Knochenmißbildung verdrehten Arme sowie die derart breiten und fetten Lippen, daß sie das halbe Gesicht zu verschlingen schienen, waren das, was an ihr am meisten abstoßend wirkte (auf den ersten Blick). Als Ohrgehänge trug sie zwei lange Elfenbeinkruzifixe, die bei der geringsten Bewegung ihres Kopfes wild hin und her schlenkerten.

Ich mache ein Pause, um zu notieren, daß ich in außerordentlicher Form bin. Es ist vielleicht das Delirium.

Es schien Macmann, daß diese Person da war, um ihn zu behüten und zu bedienen. Richtig. Man hatte nämlich höheren Orts angeordnet, daß der Hundertsechsundsiebzig für Moll wäre. Sie hatte sich übrigens darum beworben, mit den üblichen Formalitäten. Sie brachte ihm Essen (eine große Schüssel täglich, zuerst heiß, dann kalt zu essen), leerte sein Nachtgeschirr jeden Morgen und lehrte ihn sich waschen, jeden Tag das Gesicht und die Hände, und die anderen Körperteile nacheinander im Laufe der Woche, die Füße montags, die Beine bis zu den Knien dienstags, die Schenkel mittwochs, und so weiter bis zum Hals und den Ohren schließlich, und sonntags, nein, sonntags ruhte er sich aus. Sie fegte das Zimmer, machte das Bett von Zeit zu Zeit und schien größtes Vergnügen am Reiben und Polieren der Milchglasscheiben des einzigen Fensters zu haben, das nie geöffnet wurde. Sie ließ Macmann, wenn er etwas tat, wissen, ob es erlaubt war oder nicht, und ebenso, wenn er sich nicht rührte, ob er dazu berechtigt war oder nicht. Soll das heißen, daß sie dauernd bei ihm blieb? Nein, wahrscheinlich mußte sie noch andere pflegen, anderswo, und ihnen Verhaltungsmaßregeln geben. Aber in der ersten Zeit, bevor er sich an sein noch junges Glück gewöhnt hatte, ließ sie ihn tatsächlich so wenig wie möglich allein und wachte sogar während eines Teils der Nacht über ihn. Daß sie verständnisvoll und gutmütig war, geht aus folgender Anekdote hervor. Eines Tages, kurz nach seiner Aufnahme, merkte Macmann, daß er anstatt seiner gewohnten Ausstaffierung ein langes, weites Hemd aus grobem Leinen trug, oder aus grober Wolle. Er begann sofort, laut seine Kleider zu verlangen, wahrscheinlich einschließlich des Inhalts ihrer Taschen, denn er schrie, Meine Sachen! Meine Sachen! mehrmals hintereinander, wobei er im Bett aufbegehrte und mit seinen Handflächen auf die Decke schlug. Moll setzte sich dann auf den Bettrand und verteilte ihre beiden Hände folgendermaßen, eine auf eine von Macmanns Händen, die andere auf die Stirn, auf seine oder auf ihre, auf seine. Sie war so klein, daß ihre Füße nicht bis an den Boden reichten. Als Macmann sich etwas beruhigt hatte, sagte sie ihm, daß seine Kleider sicher nicht mehr existierten und ihm folglich nicht zurückgegeben werden könnten, und, was die Gegenstände anbeträfe, die man ihnen entnommen hätte, so hätte man sie absolut wertlos gefunden und höchstens gut zum Wegwerfen, mit Ausnahme eines silbernen Messerbänkchens, das man zu seiner Verfügung halte. Aber diese Erklärungen verwirrten Macmann so sehr, daß sie schleunigst lachend hinzufügte, er solle sie nur ja nicht ernst nehmen und seine Kleider würden, nachdem man sie gereinigt, gebügelt, geflickt, mit Mottenpulver bestreut und gefaltet in einen Karton mit seinem Namen und seiner Nummer gelegt hätte, ebenso sicher aufbewahrt, als wenn sie bei der Bank von England deponiert worden wären. Aber da Macmann fortfuhr, seine Sachen zu verlangen, als hätte er nichts von dem, was sie ihm gerade erzählt hatte, verstanden, war sie gezwungen, auf das Reglement zu verweisen, das in keinem Falle zuließ, daß ein Pflegling vor Beendigung seiner Pflegezeit mit seiner Hülle aus Zeiten ohne Heim und Herd in Berührung käme. Aber da Macmann fortfuhr, unter lautem Protest seine Kleider und vor allem seinen Hut zu verlangen, verließ sie ihn, indem sie sagte, er sei unvernünftig. Und sie erschien kurz darauf wieder, wobei sie zwischen den Fingerspitzen den fraglichen Hut hielt, den sie vielleicht aus dem Müllhaufen am Ende des Gemüsegartens herausgeholt hatte, alles zu wissen, erfordert zuviel Zeit, denn mit dem daranhängenden Mist sah er aus, als wäre er schon halb verfault. Sie duldete sogar, daß er ihn aufsetzte, und sie half ihm auch dabei, indem sie ihm half, sich im Bett aufzurichten und indem sie seine Kopfkissen so anordnete, daß er sich mühelos darin halten konnte. Und sie betrachtete gerührt das alte, bestürzte Gesicht, das sich entspannte, und den Mund, der in der Tiefe der Haare zu lächeln versuchte, und die roten Äuglein, die sich schüchtern ihr zuwandten, als wollten sie ihr danken, oder zum wiedergewonnenen Hut hinaufblickten, und die Hände, die sich hoben, um ihn zurechtzurücken und zitternd wieder auf die Decke sanken. Und schließlich tauschten sie einen langen Blick aus, und Molls Mund öffnete sich und brach in ein schreckliches Gelächter aus, das Macmanns Augen zum Flakkern brachte, wie die eines von seinem Herrn angestarrten Tiers, und das ihn schließlich zwang, sich abzuwenden. Ende der Anekdote. Es muß derselbe Hut sein, der mitten in der Ebene zurückgelassen wurde, so sehr gleicht er ihm, den erhöhten Verschleiß mit einberechnet. Sollte es denn zufällig doch nicht derselbe Macmann sein, trotz der großen körperlichen und geistigen Ähnlichkeit für jemand, der weiß, was die vorübergleitenden Jahre vermögen? Es gibt nämlich auf der Insel viele Macmanns, von denen die meisten sogar noch stolz darauf sind, daß sie alle letzten Endes aus demselben berühmten Hoden hervorgegangen sind. Sie gleichen einander also zwangsläufig zuweilen so sehr, daß sie sogar von jenen verwechselt werden, die ihr Bestes wollen und aufrichtig glücklich wären, sie unterscheiden zu können. Übrigens, irgendwelche Spuren von Leib und Seele genügen, es ist gar nicht nötig, die Leute zu beschatten. Solange es noch etwas ist, das man einen Lebenden nennt, kann man sich nicht irren, es ist der Schuldige. Lange Zeit trennte er sich nicht von seinem Bett, da er nicht sicher war, ob er noch gehen, ja auch nur aufrecht stehen könnte, und da er, vorausgesetzt, daß er es könnte, die Unannehmlichkeiten fürchtete, die ihm dadurch von seiten der Direktion entstehen könnten. Betrachten wir zunächst diese erste Phase von Macmanns Aufenthalt im Sankt-Johannes-Asyl. Wir werden danach zur zweiten übergehen, und sogar zur dritten, wenn es sein muß.

Eine Menge Kleinigkeiten zu berichten, die recht merkwürdig sind, in Anbetracht meiner Lage, wenn ich sie richtig deute. Aber meine Notizen neigen, wie ich endlich begriffen habe, leider dazu, alles, was sie sozusagen betreffen sollen, verschwinden zu lassen. Ich wende mich also schleunigst von dieser außergewöhnlichen Wärme, um nur sie zu erwähnen, ab, die auf gewisse Teile meines Organismus übergegriffen hat, ich werde nicht sagen, auf welche. Neben dem anderen ist das nicht so wichtig. Wenn ich bedenke, daß ich eigentlich auf eine Abkühlung gefaßt war!

Diese erste Phase, die Bettphase, wurde durch die Entwicklung der Beziehungen zwischen Macmann und seiner Wärterin gekennzeichnet. Allmählich entstand zwischen ihnen eine Art Intimität, die sie in einem gewissen Augenblick dazu führte, zusammen zu schlafen und sich, so gut sie konnten, zu paaren. Denn in ihrem Alter und bei ihrer geringen Erfahrung auf diesem Gebiet der fleischlichen Liebe, war es normal, daß es ihnen nicht auf Anhieb gelang, den Eindruck zu erwecken, füreinander gemacht zu sein. So kam es, daß Macmann mit aller Kraft versuchte, sein Geschlecht, wie ein Kissen in einen Bezug, in das seiner Partnerin zu stecken, indem er es doppelt nahm und mit seinen Fingern hineinzwängte. Aber anstatt den Mut zu verlieren, fanden sie Gefallen am Spiel, und es gelang ihnen schließlich, trotz beiderseitiger absoluter Impotenz, ihren trockenen und schlappen Umarmungen eine Art trüber Wollust zu entlokken, unter Aufbietung aller Hilfsmittel der Haut, der Schleimhäute und der Einbildungskraft, so daß Moll, die am meisten von beiden aus sich herausging (zu jener Zeit), ausrief, Hätten wir uns doch vor sechzig Jahren getroffen! Aber wieviel Umschweife, Ängste und scheue Berührungen, bis sie soweit waren! Von alledem ist nur festzuhalten, daß sie Macmann ahnen ließen, was der Ausdruck Zweisamkeit bedeutete. Er machte damals unbestreitbare Fortschritte im Gebrauch der Sprache und lernte in kurzer Zeit, zur rechten Zeit die ja, nein, mehr und genug anzubringen, die die Freundschaft erhalten. Er drang bei derselben Gelegenheit in die verzauberte Welt der Lektüre ein, denn Moll schrieb ihm glühende Briefe und händigte sie ihm persönlich aus. Und die Erinnerungen an die Schule sind so unverwüstlich für diejenigen, die darin waren, daß er bald auf die Erläuterungen seiner Korrespondentin verzichten und alles alleine verstehen konnte, indem er den Bogen, so weit wie seine Arme reichten, von seinen Augen entfernt hielt. Während der Lektüre hielt Moll sich mit niedergeschlagenen Augen ein wenig abseits, indem sie sich sagte, nun ist er da ... da ... da, und sie verharrte in dieser Haltung, bis das Geräusch beim Hineinschieben des Bogens in den Umschlag ihr ankündigte, daß er fertig war. Sie drehte sich dann schnell nach ihm um, früh genug, um zu sehen, wie er den

Brief an seine Lippen führte oder an sein Herz drückte, noch eine Erinnerung aus der Tertia. Dann gab er ihn ihr zurück, und sie legte ihn unters Kopfkissen zu den anderen, die sich schon dort befanden, chronologisch geordnet und mit Seidenband umwickelt. Diese Briefe änderten sich kaum in Form und Inhalt, was für Macmann eine große Erleichterung war. Beispiel. Liebster, es vergeht kein Tag, an dem ich nicht Gott auf den Knien dafür danke, Dich gefunden zu haben, bevor ich sterbe. Denn wir werden beide bald sterben, das ist klar. Daß es in genau demselben Augenblick sei, ist alles, worum ich bitte. Ich habe übrigens den Schlüssel zur Apotheke. Aber nützen wir zunächst nach dem langen, stürmischen Tag diesen zumindest unvermuteten, herrlichen Sonnenuntergang! Bist Du nicht auch dieser Meinung? Liebster! Hätten wir uns doch vor siebzig Jahren getroffen! Nein, so ist alles bestens, wir werden keine Zeit haben, einander überdrüssig zu werden, unsere Jugend dahinschwinden zu sehen, uns im Ekel an den Rausch von ehemals zu erinnern, jeder für sich allein bei Dritten zu suchen, was wir zusammen nicht mehr zustande bringen, kurz, uns aneinander zu gewöhnen. Man muß die Dinge sehen, wie sie sind, nicht wahr, mein Süßer? Wenn Du mich in Deinen Armen hältst und ich Dich in meinen, so ist das natürlich nicht mit den Ekstasen der Jugend und sogar der besten Jahre zu vergleichen. Aber alles ist relativ, das muß man sich sagen, die Hirsche und Hirschkühe haben ihre Nöte und wir die unseren. Es ist sogar erstaunlich, wie gut Du Deine Sache machst, es ist kaum zu glauben, wie nüchtern und keusch hast Du leben müssen! Ich auch, das hast Du sicher gemerkt. Denke auch daran, daß das Fleisch nicht alles ist, besonders in unserem Alter, und nenne mir die Geliebten, die mit ihren Augen so viel vermögen wie wir mit den unseren, die bald alles gesehen haben und oft nur mit Mühe offenbleiben, und mit ihrer, jeder helfenden Leidenschaft baren Zärtlichkeit erreichen, was wir allein mit diesem Mittel täglich zuwege bringen, wenn meine Pflichten uns trennen. Bedenke andererseits auch, da wir einmal dabei sind, uns alles zu sagen, daß ich nie schön oder gut gebaut, sondern vielmehr häßlich und beinahe mißgestaltet war, nach den Zeugnissen zu urteilen, die ich erhielt. Besonders Papa pflegte zu sagen, ich sei häßlich wie die Nacht, ich habe den Ausdruck behalten. Und Du, mein Lieber, verfügtest Du in dem Alter, in dem man die Herzen der Schönen schneller schlagen läßt, auch über die anderen dazu erforderlichen Qualitäten? Ich bezweifle es. Aber beim Altern sind wir kaum scheußlicher geworden als unsere am besten proportionierten Zeitgenossen, und Du hast sogar Dein Haar behalten. Und da wir stets zwecklos und unverstanden gelebt haben, sind wir nicht ohne Frische und Unschuld, wie mir scheint. Moral, es ist für uns jetzt endlich die Zeit der Liebe, wir wollen sie ausnützen, es gibt Birnen, die erst im Dezember reifen. Was die Verfahrensweise angeht, so verlaß Dich nur auf mich, wir werden noch erstaunliche Sachen machen, Du wirst schon sehen. Im Hinblick auf das tête-bêche bin ich nicht Deiner Meinung, ich bin weiterhin dafür. Gib nur nach, und es wird Dir nicht leid tun. Du alter Schäker, Du! Die Knochen sind uns wohl überall im Wege, das stimmt zwar. Aber nehmen wir uns, so wie wir sind. Und vor allem, machen wir uns keine unnötigen Sorgen, es ist alles nur Spielerei. Denken wir an die Stunden, da wir erschöpft, umschlungen im Dunkel liegend, unsere Herzen im Unisono sich abmühen und den Wind sagen hören, was es heißt, draußen zu sein, nachts, im Winter, und was es heißt, gewesen zu sein, was wir gewesen sind, und versinken wir, aneinander geklammert, in namenloses Unglück. So muß man die Dinge sehen. Also, nur Mut, mein süßer, alter, haariger Mac, und dicke Küsse, da wo Du denkst, von Deiner süßen Moll. P.S. Ich habe wegen der Austern gefragt, ich habe Hoffnung. Das war der leicht diskursive Ton der Erklärungen, die Moll, wohl daran verzweifelnd, ihren Gefühlen auf normalen Wegen vollen Ausdruck verleihen zu können, drei oder viermal wöchentlich an Macmann richtete, der nie darauf antwortete, ich meine schwarz auf weiß, aber mit allen ihm zur Verfügung stehenden Mitteln seine Freude darüber bekundete, sie zu empfangen. Aber gegen Ende dieses Idylls, das heißt, reichlich spät und gerade zu der Zeit, in der die Briefe seltener wurden, begann Macmann unter Aufbietung aller Möglichkeiten seines Vokabulars kurze, merkwürdig gereimte Texte zu verfassen, um sie seiner Freundin zu offerieren, denn er fühlte, daß sie ihm entglitt. Beispiel.

Die tolle Moll und der olle Mac
haben endlich sich gefunden,
sind in Liebe nun verbunden.
Welch ein später Lebenszweck!

Anderes Beispiel.

Den ollen Mac und die tolle Moll
führt die Liebe Hand in Hand
nach Glasnevin*, ins gelobte Land.
Das Maß des Lebens ist bald voll.

Er fand die Zeit, etwa zehn oder zwölf von ungefähr gleicher Qualität zu machen, die sich ausnahmslos durch die der Liebe beigemessene Bedeutung auszeichneten. Sie wurde nämlich als eine Art tödlicher Leim betrachtet, eine Idee, der man häufig in mystischen Texten begegnet. Und es ist außerordentlich, daß Macmann sich in so kurzer Zeit und nach so mühseligen Anfängen zu einer so hohen Meinung hat aufschwingen können. Und wer weiß, wie weit er es noch gebracht hätte, wenn er die wahre Sexualität in einem weniger fortgeschrittenen Alter kennengelernt hätte.

Ich verliere mich. Still.

* Name eines sehr geschätzten Friedhofs in der Nähe.

In der Tat mühselige Anfänge, bei denen Moll wirklich seinen Widerwillen erregte. Besonders ihre Lippen schreckten ihn ab, in etwa dieselben, an die er sich einige Monate später vergnügt grunzend ansaugen sollte, und zwar so sehr, daß er bei ihrem bloßen Anblick die Augen nicht nur schloß, sondern sie hinter seinen Händen verbarg, um sicherer zu sein. Sie war es also gewesen, die sich zu jener Zeit in unermüdlicher Leidenschaft erschöpfte, was als Erklärung dafür dienen mag, warum sie schließlich schwach zu werden und ihrerseits Ermutigung zu brauchen schien. Es sei denn, daß es nur mit der Gesundheit zusammenhing. Was jedoch nicht die Hypothese ausschließt, Moll habe, von einem bestimmten Augenblick an, in dem Glauben, sich in Macmann getäuscht zu haben, der letzten Endes doch nicht der wäre, für den sie ihn gehalten hatte, ihrem Treiben ein Ende bereiten wollen, aber langsam, um ihn nicht zu beunruhigen. Leider handelt es sich hier nicht um Moll, die ja schließlich nur ein Weib ist, sondern um Macmann, und auch nicht um das Ende ihrer Beziehungen, sondern vielmehr um den Anfang. Kein Wort über die kurze Wonneperiode zwischen diesen beiden langen Extremen, wo es zwischen der bei dem einen ansteigenden und bei der anderen schon leicht abnehmenden Wärme zu einer flüchtigen Temperaturgleichheit kam. Denn, wenn man haben muß, um nicht gehabt zu haben und um nicht mehr zu haben, so zwingt einen nichts dazu, es auszuposaunen. Aber lassen wir lieber die Tatsachen für sich sprechen. Ungefähr in diesem Stil. Beispiel. Eines Tages, als Macmann begann, sich daran zu gewöhnen, geliebt zu werden, ohne jedoch schon darauf zu reagieren, wie er es später tun sollte, drückte er Molls Gesicht unter dem Vorwand, ihre Ohrringe genauer betrachten zu wollen, von seinem weg. Als sie sich dann anschickte, wieder ranzugehen, hielt er sie wieder zurück und fragte beiläufig, Warum zwei Jesusfiguren? so als fände er, daß eine einzige vollauf genügte. Worauf sie die absurde Antwort gab, Warum zwei Ohren? Aber sie entschuldigte sich gleich darauf, indem sie lächelnd (sie lächelte beim geringsten Anlaß) sagte, Das sind übrigens die Schächer, Jesus ist in meinem Mund. Indem sie daraufhin ihre Kiefer aufsperrte und ihre Unterlippe zwischen Daumen und Zeigefinger ans Kinnbärtchen hinabzerrte, stellte sie, als einzige Unterbrechung der Monotonie des Zahnfleischs, einen langen, gelben, sehr nackten Eckzahn bloß, der, mit der Fräse wahrscheinlich, so bearbeitet war, daß er das berühmte Sacrificium darstellen sollte. Ich bürste ihn fünfmal täglich, sagte sie, einmal für jede Wunde. Sie tastete ihn mit dem Zeigefinger ihrer freien Hand ab. Er wackelt, sagte sie, ich habe Angst, eines guten Tages wach zu werden und ihn verschluckt zu haben, ich würde ihn besser ziehen lassen. Sie ließ ihre Unterlippe los, die unverzüglich mit einem klatschenden Geräusch ihren Platz wieder einnahm. Dieser Zwischenfall machte einen großen Eindruck auf Macmann und ließ Moll, in seinem Herzen, einen Sprung nach vorn machen. Und an dem Vergnügen, das er später hatte, wenn er seine Zunge in ihren Mund steckte und über ihr Zahnfleisch schweifen ließ, war dieses Zahnstumpfkruzifix gewiß nicht unbeteiligt. Aber welche Liebe ist frei von diesen harmlosen Stimulantien? Bald ist es ein Ding, ein Strumpfband, wie es scheint, oder ein Achselblatt. Und bald ist es sogar das bloße Bild eines Dritten. Zum Schluß noch ein paar Worte über das Ende dieser Liaison. Nein, ich kann nicht.

Meiner Müdigkeit müde, letzter weißer Mond, einziges Bedauern, nicht einmal das. Tot sein, vor ihm, auf ihm, mit ihm, und kreisen, als Toter auf Totem, um die armen Menschen, und nie mehr sterben müssen, unter Sterbenden. Nicht einmal, nicht einmal das. Mein Mond war hier unten, hier ganz unten, das wenige, nach dem ich mich sehnen konnte. Und eines Tages, bald, in einer Erdnacht, bald, unter der Erde, wird ein Sterbender, wie ich, im Erdschein sagen, Nicht einmal, nicht einmal das, und sterben, ohne irgend etwas bedauert haben zu können.

Moll. Ich bringe sie jetzt um. Sie kümmerte sich weiterhin um Macmann, aber es war nicht mehr dieselbe. Wenn sie mit allem fertig war, ließ sie sich mitten im Zimmer nieder, auf einem Stuhl, und rührte sich nicht mehr. Wenn er sie rief, setzte sie sich auf sein Bett und ließ sich sogar kitzeln. Aber es war unverkennbar, daß sie an etwas anderes dachte und sich nur danach sehnte, wieder auf ihren Stuhl zurückzukehren und das ihr wohlvertraut gewordene Gebaren fortzusetzen, nämlich sich langsam den Bauch zu massieren, wobei sie fest darauf drückte, mit beiden Händen. Sie fing übrigens an, übel zu riechen. Sie hatte nie gut gerochen, aber zwischen nicht gut riechen und einen Geruch ausströmen, wie sie ihn in dieser Zeit ausströmte, liegt eine ganze Welt. Darüber hinaus unterlag sie Brechreizen. Indem sie sich dann abwandte, um ihrem Geliebten nur den Anblick ihres von zuckenden Bewegungen geschüttelten Rückens zu gewähren, brach sie lange auf den Fußboden. Und das Ausgebrochene blieb manchmal während langer Stunden da, wo es hingefallen war, liegen, bis sie die Kraft aufbrachte, etwas zu holen, um es zu entfernen und die Stelle sauberzuwischen. Wenn sie fünfzig Jahre jünger gewesen wäre, hätte sie einem schwanger vorkommen können. Zur gleichen Zeit fielen ihr bündelweise die Haare aus, und sie vertraute Macmann an, daß sie nicht mehr wagte, sich zu kämmen, weil sie fürchtete, den Haarausfall zu beschleunigen. Sie sagt mir alles, sagte er sich zufrieden. Aber all das war nur eine Kleinigkeit im Hinblick auf die Veränderung ihres Teints, der früher gelb war und jetzt zusehends safranfarben wurde. Macmann, der sie so verfallen sah, hatte darum nicht weniger das Bedürfnis, sie in seine Arme zu nehmen, wenn sie auch stank und sich erbrach. Und er hätte es sicher getan, wenn sie sich nicht dagegen gewehrt hätte. Das kann man verstehen (ihre Haltung auch). Wenn sich nämlich die einzige geteilte Liebe eines maßlosen Lebens in Reichweite befindet, ist es natürlich, daß man davon profitieren möchte, solange die Zeit reicht, und daß man sich nicht durch

Ekelgefühle davon abhalten läßt, die den Lauen wohl anstehen mögen, der Liebe aber keinen Abbruch tun, wenn sie echt ist. Und obwohl alles darauf hinzudeuten schien, daß Moll nicht auf dem Damm war, konnte Macmann nicht umhin, in ihrer Haltung eher eine Abkühlung ihm gegenüber zu erblicken. Und es lag vielleicht auch so etwas darin. Wie dem auch sei, je mehr sie herunterkam, um so mehr Lust hatte Macmann, sie an seiner Brust zu zerquetschen, was immerhin selten und sonderbar genug ist, um eine Erwähnung zu verdienen. Und wenn sie sich ihm zuwandte und ihn ansah (und das tat sie noch von Zeit zu Zeit) mit Augen, in denen er grenzenlose Liebe und Schmerz zu lesen glaubte, bemächtigte sich seiner eine Art Raserei, und er begann mit seinen Fäusten gegen seinen Brustkorb, seinen Kopf und sogar gegen die Matratze zu hämmern, wobei er sich hin und her wand und Schreie ausstieß, vielleicht in der Hoffnung, sie würde Mitleid mit ihm bekommen und ihn trösten und seine Augen wischen, wie an dem Tage, an dem er nach seinem Hut verlangt hatte. Aber nein, er schlug sich, wälzte sich und schrie ohne jede besondere Absicht, denn sie ließ ihn gewähren und ging sogar aus dem Zimmer, wenn es ihr zu lange dauerte. Dann schrie er ganz außer sich allein weiter, was doch beweist, daß er selbstlos war, es sei denn, daß er sie verdächtigte, hinter der Türe stehengeblieben zu sein, um zu lauschen. Und wenn er endlich wieder ruhig war oder nicht mehr konnte, sehnte er sich zurück nach der langen, verlorenen Immunität gegen das Asyl, die Nächstenliebe und die menschliche Zärtlichkeit. Und er ließ es dermaßen an Überlegung fehlen, daß er sich fragte, mit welchem Recht man sich um ihn kümmerte. In einem Wort, recht schlechte Tage für Macmann. Für Moll auch, strenggenommen, natürlich, wenn man will. In dieser Zeit geschah es, daß sie ihren Eckzahn verlor, der sich ganz von selbst aus seiner Höhle gelöst hatte, zum Glück am hellichten Tage, so daß sie ihn erwischen und an einen sicheren Ort legen konnte. Macmann sagte sich, als sie es ihm sagte, Es hat eine Zeit gegeben, in der sie ihn mir geschenkt oder zumindest gezeigt hätte. Aber dann sagte er sich, erstens, Sie hätte mir nichts davon sagen können, es ist also ein Zeichen der Zuneigung und des Vertrauens. Zweitens, Ich hätte es sowieso gemerkt, wenn sie ihren Mund aufgemacht hätte, um zu sprechen oder zu lächeln. Und endlich, Aber sie spricht und lächelt gar nicht mehr. Eines Tages, frühmorgens, kam ein Mann, den er noch nie gesehen hatte, und sagte ihm, Moll sei gestorben. Eine wäre also erledigt. Ich heiße Lemuel, sagte er, obwohl ich von wahrscheinlich arischen Eltern abstamme, und ich werde mich von nun an um dich kümmern. Hier ist dein Haferbrei. Iß ihn, solange er heiß ist.

Noch eine kleine Anstrengung. Lemuel erweckte den Eindruck, etwas dümmer als böse zu sein, und doch war seine Bosheit unverkennbar. Wenn Macmann, wahrscheinlich immer beunruhigter über seine Lage und sogar inzwischen imstande, einen kleinen Teil von dem wenigen, das ihm durch den Kopf ging, zu isolieren und hinlänglich auszudrücken, um auch verstanden zu werden, wenn Macmann, sagte ich, ihn um eine Auskunft bat, so bekam er selten eine prompte Antwort. Auf die Bitte hin, zum Beispiel, zu sagen, ob das Sankt-Johannes-Haus eine private Einrichtung sei oder von der Republik abhänge, ob es ein Hospiz für Greise und Gebrechliche oder eine Irrenanstalt sei, ob man, wenn man einmal erwischt sei, nichtsdestoweniger die Hoffnung behalten könne, eines Tages wieder hinauszukommen, und wenn ja, mit Hilfe welcher Formalitäten, blieb Lemuel lange nachdenklich, bis zu zehn Minuten oder einer Viertelstunde manchmal, ohne sich zu rühren oder, wenn man will, indem er seinen Schädel oder seine Achselhöhle kratzte, als ob solche Fragen seinen Geist nie gestreift hätten, oder indem er vielleicht über etwas ganz anderes nachdachte. Und wenn sich Macmann ungeduldig oder in dem Glauben, sich schlecht ausgedrückt zu haben, erlaubte, das Wort wieder zu ergreifen, brachte ihn eine gebieterische Geste zum Schweigen. So war dieser Lemuel, von einem gewissen Gesichtspunkt aus gesehen. Oder er schrie, indem er unbeschreiblich nervös mit den Füßen stampfte, Laß mich doch nachdenken, du Drecksack! Meistens sagte er schließlich, daß er es nicht wüßte. Aber er konnte zeitweise quasi hypomanisch gut gelaunt sein. Dann fügte er hinzu, Aber ich werde fragen. Und indem er sein Notizbuch herauszog, das die Ausmaße eines Bordbuchs hatte, notierte er murrend, Privat oder staatlich, Verrückte oder wie wir, wie hinauskommen, usw. Macmann konnte dann sicher sein, nie wieder etwas davon zu hören. Darf ich aufstehen? sagte er eines Tages. Schon zu Lebzeiten Molls hatte er mehr als einmal den Wunsch geäußert, aufstehen und an die frische Luft gehen zu dürfen, aber schüchtern, so wie man nach dem Mond verlangt. Es war ihm damals gesagt worden, daß er bei guter Führung tatsächlich eines Tages aufstehen und ausgehen dürfe, um die reine Luft der Hochebene zu atmen, und daß man an diesem Tage in dem großen Saal, wo das ganze Personal sich beim Morgengrauen vor Dienstbeginn versammelte, oder vorm Schlafengehen, je nachdem, am Dienstbrett eine Notiz folgenden Wortlauts angeheftet sehen würde, Der Hundertsechsundsiebzig soll aufstehen und ausgehen. Denn bei allem, was die Hausordnung betraf, zeigte Moll sich unerbittlich, und deren Stimme übertönte die der Liebe in ihrem Herzen, jedesmal, wenn sie dort gleichzeitig laut wurden. Zum Beispiel die Austern, die ihm von der Direktion unter Hinweis auf den entsprechenden Verbotsparagraphen verweigert worden waren, die sie sich aber leicht mit Hilfe von Komplizen von draußen hätte beschaffen können, hat Macmann nie zu sehen bekommen. Aber Lemuel war darin ganz anders, und anstatt auf den Statuten herumzureiten, schien er sie nur sehr ungenau zu kennen. Man konnte sich übrigens von einer höheren Warte aus fragen, ob er alle seine Sinne beisammen hatte. Wenn die Qualen des Nachdenkens ihn nicht während langer Minuten auf der Stelle festnagelten, ging er pausenlos auf und ab, mit seinem schweren, wütenden, schwankenden Gang, wobei er gestikulierend laut unverständliche Vokabeln artikulierte. Von der Erinnerung wund geschunden, mit von Kobras wimmelndem Geist, weder zu träumen noch zu denken wagend und zugleich ohnmächtig, sich dagegen zu wehren, waren seine Schreie zweierlei, die, deren einzige Ursache der seelische Schmerz war, und die in jeder Weise ähnlichen, mit denen er hoffte, dem erwähnten Schmerz zuvorzukommen. Der körperliche Schmerz schien ihm dagegen eine wertvolle Hilfe zu sein, und eines Tages zeigte er Macmann, das Hosenbein aufkrempelnd, sein mit blauen Flecken, Narben und Schrammen bedecktes Schienbein. Dann versetzte er sich, nachdem er aus einer Innentasche flink einen Hammer herausgezogen hatte, einen Schlag mitten zwischen die alten Wunden, einen so heftigen Hieb, daß er auf den Rücken fiel. Aber der Teil, auf den er am liebsten einschlug, mit ebendemselben Hammer, war der Kopf, und das ist begreiflich, denn er ist auch ein knöcherner, empfindlicher und leicht zu erreichender Körperteil, und ebendarin stecken alle Zoten und Schweinereien, also schlägt man darauf noch lieber als beispielsweise auf das Bein, das einem nichts getan hat, das ist menschlich. Habe ich das Recht aufzustehen? schrie Macmann. Lemuel erstarrte. Was? brüllte er. Aufstehen! schrie Macmann. Ich will aufstehen! Ich will aufstehen!

Man ist gekommen. Es ging zu gut. Ich hatte mich vergessen, verloren. Das ist nicht wahr. Es ging. Ich war woanders. Ein anderer litt. Man ist also gekommen. Um mich wieder zur Agonie zu bringen. Wenn es ihnen Spaß macht. Tatsache ist, daß sie nichts wissen, auch ich weiß nichts, aber sie, sie glauben, etwas zu wissen. Ein Flugzeug fliegt vorbei, ganz niedrig, mit Donnergepolter. Es ist ein Geräusch, das nichts mit Donnergepolter zu tun hat, man sagt Donnergepolter, aber man denkt es nicht, es ist ein flüchtiges, lautes Geräusch und weiter nichts, das keinem anderen gleicht. Es ist gewiß das erste Mal, daß ich es hier höre, meines Wissens. Aber ich habe die Flugzeuge anderswo gehört, und ich habe sie sogar fliegen sehen, ich habe die ersten fliegen sehen und dann schließlich die neuesten Modelle, oh, nicht die allerletzten, die allervorletzten, die allervorvorletzten. Wenn überhaupt. Ich bin Zeuge eines der ersten Loopings gewesen, ich schwöre es. Ich hatte keine Angst. Es war über einer Rennbahn, meine Mutter hielt mich an der Hand. Sie sagte, Wie wunderbar, wunderbar. Da änderte ich meine Meinung. Wir waren nicht oft einer Meinung. Eines Tages bestiegen wir zusammen einen außergewöhnlich steilen Abhang, wahrscheinlich in der Nähe des Hauses, ich kann die steilen Abhänge in meinem Gedächtnis nicht mehr auseinanderhalten. Ich erinnere mich an den blauen Himmel. Ich sagte, Der Himmel ist weiter weg, als man meint, nicht wahr, Mama? Ich tat es ohne böse Absicht, ich dachte nur unbefangen an die Meilen, die mich von ihm trennten. Sie antwortete, Er ist genauso weit weg, wie es scheint. Sie hatte recht. Aber in dem Augenblick warf es mich um. Ich sehe noch die Stelle, gegenüber Tylers Tor. Gemüsegärtner, er war einäugig und trug Koteletten. Ganz richtig, schwätze. Man sah das Meer, die Inseln, die Vorgebirge, die Landengen, die sich im Norden und Süden entfernende Küste und die eingeknickten Molen des Hafens. Wir kamen vom Metzger. Meine Mutter? Es ist vielleicht eine andere Geschichte, die ich von einem, der sie gut fand, gehört habe. Man hat mir so manche erzählt, immer nur gute, immer nur gute, eine Zeitlang. Jedenfalls stecke ich wieder in der Scheiße. Das Flugzeug aber ist mit einer Geschwindigkeit von vielleicht zweihundert Meilen in der Stunde vorbeigeflogen. Es ist eine gute Geschwindigkeit für diese Zeit. Wir waren ein Herz und eine Seele, das ist klar. Aber ich war mit vielen Dingen immer ein Herz und eine Seele. Nicht ein Körper. Bin nicht so dumm. Hier ist jedenfalls das Programm, das Ende des Programms. Sie glauben, mich verwirren zu können, damit ich meine Programme aus den Augen verliere. Es sind richtige Esel. Hier ist es. Besuch, verschiedene Bemerkungen, Fortsetzung Macmann, Erinnerungen an die Agonie, Fortsetzung Macmann, dann durcheinander Macmann und Agonie, solange wie möglich. Es hängt nicht von mir ab, meine Mine ist nicht unerschöpflich, mein Heft auch nicht, Macmann auch nicht, ich auch nicht, allem Anschein zum Trotz. Daß sich das alles gleichzeitig aus dem Staube macht, ist alles, was ich verlange, zur Zeit. Außer Unvorhergesehenem. Selbstverständlich. Nun wissen wir Bescheid. Der Besuch. Ich spürte einen harten Schlag auf den Kopf. Er stand vielleicht schon einige Zeit da. Man wartet nicht gerne zu lange, man macht sich bemerkbar, so gut man kann, das ist menschlich. Er hatte wahrscheinlich schon die üblichen Aufforderungen an mich gerichtet. Ich weiß nicht, was er wollte. Er ist nun wieder weg. Was für ein sonderbarer Einfall, mir einen Schlag auf den Kopf zu versetzen. Seitdem ist hier ein komisches Licht, oh, ich unterstelle nichts, schwach und zugleich strahlend, er hat mich vielleicht halb totgeschlagen. Sein Mund öffnete sich, seine Lippen bewegten sich, aber ich habe nichts gehört. Es ist, als hätte er nichts gesagt. Ich bin doch nicht taub, das Flugzeug beweist es, wenn ich nichts höre, dann deshalb, weil es nichts zu hören gibt. Aber ich bin vielleicht auf die Dauer gegenüber spezifisch menschlichen Geräuschen unempfindlich geworden. Ich selbst, zum Beispiel, ich mache keinerlei Geräusch, oh je, na wenn schon, überhaupt kein Geräusch. Und doch atme, huste, seufze, schlucke ich in unmittelbarer Nähe meines Ohres, davon bin ich überzeugt. Man kann ebensogut sagen, daß ich nicht weiß, wem ich die Ehre verdanke. Er sah verärgert aus. Soll ich ihn beschreiben? Warum nicht. Er ist vielleicht wichtig. Ich habe ihn gut gesehen. Schwarzer Anzug in einem altmodischen oder vielleicht wieder in Mode gekommenen Schnitt, schwarze Krawatte, schneeweißes Hemd, clownartige, zu sehr gesteifte Manschetten, die seine Hände fast ganz verbargen, schwarzes, fett glänzendes Haar, langes, bartloses, trübsinniges und weiß gepudert wirkendes

Gesicht, dunkle, erloschene Augen, mittlere Größe und Körperfülle, eine zunächst mit den Fingerspitzen sanft gegen den Unterleib gedrückte Melone, die dann plötzlich mit einer außergewöhnlich flinken und sicheren Geste auf den Schädel gesetzt wurde. Ein Gliedermaßstab überragte ebenso wie der Zipfel eines weißen Taschentuchs den Saum seines Rocktäschchens. Ich habe ihn zunächst für den Angestellten eines Beerdigungsinstituts gehalten, der unzufrieden darüber war, sich verfrüht herbemüht zu haben. Er ist eine ganze Weile geblieben, sieben Stunden mindestens. Er hoffte vielleicht, die Genugtuung zu haben, mich vor seinem Weggehen meinen Geist aufgeben zu sehen, das hätte ihm wahrscheinlich einen Gang erspart. Ich habe einen Augenblick geglaubt, er würde mich erledigen. Denkste! Das wäre ein Verbrechen gewesen. Er ist sicher um sechs Uhr, als seine Arbeitszeit zu Ende war, gegangen. Ich liege seitdem in einem komischen Licht. Das heißt, er ist ein erstes Mal weggegangen, dann ein paar Stunden später wiedergekommen und dann für immer weggegangen. Er ist sicher von neun bis zwölf und von vierzehn bis achtzehn Uhr hiergeblieben, so. Er hat viel nach einer Uhr geschaut, einer Zwiebel. Er wird vielleicht morgen wiederkommen. Am Morgen hat er mich geschlagen, gegen zehn Uhr wahrscheinlich. Am Nachmittag hat er mir nichts getan, obwohl ich ihn nicht sofort erblickt habe, er stand schon an Ort und Stelle, als ich ihn erblickte, neben dem Bett. Ich rede vom Morgen und vom Nachmittag und von dieser und jener Stunde, man muß sich in die Lage der Leute versetzen, wenn man absolut von ihnen reden will, es ist nicht so schwierig. Das einzige, worüber man nie reden sollte, ist sein Glück, mir fällt im Augenblick nichts anderes ein. Es empfiehlt sich sogar, nicht daran zu denken. Er stand neben dem Bett und schaute mich an. Als er sah, daß meine Lippen sich bewegten, denn ich habe versucht zu sprechen, beugte er sich über mich. Ich hatte ihn um einiges zu bitten, ich hätte ihn beispielsweise darum gebeten, mir meinen Stock zu geben. Er hätte es abgelehnt. Dann hätte ich ihn mit gefalteten Händen und mit Tränen in den Augen angefleht, mir diesen kleinen Dienst zu erweisen. Diese Demütigung wurde mir dank meiner Aphonie versagt. Meine Stimme ist erloschen, der Rest wird folgen. Ich hätte es in mein Heft schreiben und ihm zeigen können, Geben Sie mir bitte meinen Stock zurück. Oder aber, Würden Sie so liebenswürdig sein, mir meinen Stock zu reichen. Aber ich hatte das Heft unter der Decke versteckt, damit er es mir nicht abnähme. Ich tat es, ohne zu bedenken, daß er schon seit einiger Zeit dagewesen war (sonst hätte er mich nicht geschlagen) und mir beim Schreiben zugeschaut hatte, denn ich schrieb sicher, als er ankam, und daß er infolgedessen mein Heft leicht hätte an sich reißen können, wenn er gewollt hätte, und ohne sogar zu bedenken, daß er mich im Augenblick des Versteckens gerade beobachtete, und daß ich in Wirklichkeit nur seine Aufmerksamkeit auf ebendenselben Gegenstand lenkte, den ich verbergen wollte. So, das ist durchdacht. Denn von allem, was ich besaß, bleibt mir nur noch mein Heft, ich hänge also daran, das ist menschlich. Die Mine auch, natürlich, aber was ist das schon, eine Mine ohne Papier? Während er zu Mittag aß, hat er sich wohl sagen müssen, Heute nachmittag werde ich ihm das Heft abnehmen, er scheint daran zu hängen. Aber bei seiner Rückkehr war das Heft nicht mehr da, wo er es mich hatte hinstecken sehen, er hatte mich unterschätzt. Sein Regenschirm, habe ich ihn erwähnt? Ein spitzer Regenschirm. Nahe am Bett stehend, stützte er sich darauf, wobei er ihn alle paar Minuten von einer Hand in die andere gab. Dann beugte er sich nach vorn. Er benützte ihn, um meine Decken anzuheben. Ich nahm an, daß er mich damit umbringen würde, mit der langen, scharfen Spitze, er brauchte sie nur in mein Herz zu stoßen. Vorsätzlicher Mord, hätte man gesagt. Vielleicht kommt er morgen wieder, besser ausgerüstet oder mit einem Assistenten, nun, da er sich mit den Örtlichkeiten vertraut gemacht hat. Aber wenn er mich anschaute, so schaute ich ihn ebenfalls an. Ich glaube, wir haben uns stundenlang buchstäblich fixiert, fast ohne zu blinzeln. Er bildete sich wahrscheinlich ein, mich zum Niederschlagen der Augen zwingen zu können, weil ich alt und kränklich bin. Armer Irrer. Es ist schon so lange her, daß ich keinen von diesen Zweifüßlern mehr gesehen habe, daß ich aus Angst, mich zu irren, die Augen ganz weit aufgerissen habe. Ich habe mir gesagt, Eines Tages werden sie anfangen, die Äste abzufressen. Und was für ein Gesicht! Ich hatte es vergessen. In einem bestimmten Augenblick hat er sich, wahrscheinlich vom Geruch getrieben, zwischen Bett und Wand gezwängt, um zu versuchen, das Fenster zu öffnen. Er konnte es nicht. Am Morgen habe ich ihn nicht aus den Augen gelassen. Aber am Nachmittag habe ich ein wenig geschlafen. Ich weiß nicht, was er während dieser Zeit gemacht hat, wahrscheinlich hat er in meinen Sachen herumgewühlt, mit seinem Regenschirm, sie liegen jetzt auf dem Fußboden. Ich habe einen Moment geglaubt, er wäre vom Beerdigungsinstitut zu mir geschickt worden. Diejenigen, die mich bis jetzt hier leben ließen, werden wahrscheinlich darüber wachen, daß ich mit einem Minimum an Aufwand beerdigt werde. Hier ruht Malone endlich, mit den Daten, um eine blasse Vorstellung von der Zeit zu verschaffen, die er zu seiner Entschuldigung verwendet hat, und dann, um ihn von seinen zahlreichen Namensvettern auf der Insel und jenseits des Grabes zu unterscheiden. Sonderbar, daß ich meines Wissens niemals einen einzigen davon getroffen habe. Ich habe Zeit. Hier ruht ein armer Schuft, ihm war alles kalte Luft. Aber nur einen Moment, ich meine höchstens eine halbe Stunde lang. Danach habe ich ihm andere Aufgaben zugeschrieben, die allesamt ebenso enttäuschend waren. Sonderbar, dies Bedürfnis zu erfahren, wer die Leute sind, was sie im Leben machen und was sie von einem wollen. Trotz seiner ungezwungenen Art, Trauer zu tragen und seinen Regenschirm zu handhaben und der ihm eigenen bestechenden Gewohnheit, eine Melone zu tragen, kam er mir während einer gewissen Zeit verkleidet vor, aber womit, wenn ich so sagen darf, und als was? In einem bestimmten Augenblick, wieder einer, hat er Angst gehabt, sein Atem überstürzte sich, und er trat vom Bett zurück. Da habe ich gesehen, daß er gelbe Schuhe trug, was mich so beeindruckt hat, daß die Worte außerstande sind, die geringste Vorstellung davon zu verschaffen. Sie waren reichlich mit frischem Lehm überkrustet, und ich habe mir gesagt, Durch welche Schlammlöcher hindurch ist er bis zu mir vorgedrungen? Ich frage mich, ob er etwas ganz Bestimmtes suchte, es wäre interessant es zu wissen. Ich werde eine Seite aus meinem Heft reißen und darauf aus dem Gedächtnis abschreiben, was folgt, um es ihm morgen zu zeigen, oder heute, oder irgendwann, wenn er jemals wiederkommt. 1. Wer sind Sie? 2. Was ist Ihr Beruf? 3. Was wollen Sie von mir? 4. Suchen Sie etwas Bestimmtes? Was sonst? 5. Warum sind Sie böse? 6. Habe ich Ihnen etwas getan? 7. Wissen Sie etwas von mir? 8. Sie hätten mich nicht schlagen dürfen. 9. Geben Sie mir meinen Stock. 10. Sind Sie Ihr eigener Arbeitgeber? 11. Wenn nicht, wer schickt Sie? 12. Bringen Sie meine Sachen wieder in Ordnung. 13. Warum hat man mir die Suppe entzogen? 14. Aus welchen Gründen leert man meine Nachtgeschirre nicht mehr? 15. Glauben Sie, daß ich mich noch lange halten werde? 16. Darf ich Sie bitten, mir einen Dienst zu erweisen? 17. Ihre Bedingungen sind schon angenommen. 18. Warum sind Ihre Schuhe gelb, und wo sind sie so schmutzig geworden? 19. Könnten Sie mir nicht ein Stück Bleistift überlassen? 20. Numerieren Sie Ihre Antworten. 21. Gehen Sie nicht weg, ich habe Sie noch mehr zu fragen. Wird ein Blatt genügen? Es müssen nur noch sehr wenige Blätter übrig sein. Ich könnte um einen Gummi bitten, warum nicht. 22. Könnten Sie mir einen Radiergummi leihen? Nachdem er weggegangen war, habe ich mir gesagt, Ich habe ihn doch schon irgendwo gesehen. Und die Leute, die ich gesehen habe, die haben auch mich gesehen, dafür garantiere ich. Aber von wem kann man nicht sagen, Ich kenne ihn. Das ist alles nur Gefasel. Und dann, am Abend ist der Morgen schon so weit weg. Ich hatte mich an ihn gewöhnt. Ich schaute ihn nicht mehr an. Ich dachte an ihn, ich versuchte zu begreifen, das kann man nicht, wenn man gleichzeitig schaut. Ich habe ihn nicht einmal weggehen sehen. Oh, er ist nicht einfach verschwunden wie ein Nachtgespenst, ich habe ihn gehört, das Geräusch der Kette, als er seine Uhr herauszog, den zufriedenen Stoß des Regenschirms gegen den Fußboden, die Kehrtwendung, die schnellen Schritte zur Tür, die dann geräuschlos geschlossen wurde und endlich, wage ich es zu sagen, ein sich entfernendes, frisch-fröhliches Pfeifen. Was habe ich ausgelassen? Kleinigkeiten, Nichtigkeiten, die mir später wieder einfallen werden, mich klarer auf das zurückblicken lassen, was sich gerade ereignet hat, und mich sagen lassen werden, Ah, wenn ich das damals gewußt hätte, jetzt ist es zu spät. Ja, nach und nach werde ich ihn so sehen, wie er gerade war, oder so, wie er hätte sein müssen, damit ich mir sagen könnte, noch einmal, Zu spät, zu spät. So, das ist gefühlt. Oder es ist vielleicht nur der erste einer Reihe von Besuchen, die alle voneinander verschieden sind. Sie werden einander ablösen und sie sind zahlreich. Morgen trägt er vielleicht Ledergamaschen, Reithose und eine karierte Mütze, und eine Peitsche in der Hand, um den Regenschirm zu ersetzen, und ein Hufeisen am Knopfloch. Alle Leute, die ich jemals aus der Nähe oder von weitem mit meinem Blick gestreift habe, können von nun an vorbeiziehen, das ist klar. Es werden vielleicht sogar Frauen und Kinder darunter sein, von denen ich auch einige erblickt habe, sie werden alle etwas in der Hand haben, um sich darauf zu stützen und in meinen Sachen herumzuwühlen, sie werden mir alle zunächst einen heftigen Schlag auf den Kopf versetzen, dann werden sie den Tag damit verbringen, mich zornig und angeekelt anzuschauen. Ich werde den Fragebogen verbessern müssen, so daß er auf jedweden anwendbar wird. Es wird sich vielleicht eines Tages jemand finden, der die Vorschrift so gründlich vergessen hat, daß er mir meinen Stock zurückgibt. Oder ich könnte vielleicht jemanden erwischen, beispielsweise ein kleines Mädchen, und es halb erwürgen, was sage ich, dreiviertel, damit es einwilligt, mir meinen Stock zu geben, mir Suppe zu geben, meine Nachtgeschirre zu leeren, mich zu küssen, mich zu streicheln, mich anzulächeln, mir meinen Hut zu geben, bei mir zu bleiben, in sein Taschentuch hineinweinend dem Leichenwagen zu folgen, das wäre reizend. Ich bin im Grunde so gut, so gut, wieso hat keiner es gemerkt? Ein kleines Mädchen würde mir gut zustatten kommen, es würde sich vor mir ausziehen, es würde mit mir schlafen, es hätte nur mich, ich würde das Bett an die Tür schieben, um sein Weggehen zu verhindern, aber dann würde es sich aus dem Fenster stürzen, wenn man es bei mir wüßte, würde man Suppe für uns zwei bringen, ich würde es die Liebe lehren und den Abscheu, es würde mich nie vergessen, ich würde entzückt sterben, es würde mir die Augen schließen und einen Pfropfen in den Hintern stecken, gemäß meinen Anweisungen. Reg dich nicht auf, Malone, reg dich nicht auf, Aas. Wie lange kann man eigentlich ungestraft fasten? Der Bürgermeister von Cork hat es unendlich lange ausgehalten, aber er war jung, und er hatte auch politische und wahrscheinlich sogar ganz einfach menschliche Überzeugungen. Und er gestattete sich von Zeit zu Zeit ein Tröpfchen Wasser, wahrscheinlich gezuckert. Etwas zu trinken, habt Erbarmen. Wie ist es möglich, daß ich keinen Durst habe? Ich muß mich wohl von innen her tränken, an meinen Sekretionen. Ja, sprechen wir ein wenig über mich, dabei werde ich mich von diesem ganzen Gesindel erholen. Was für ein Licht. Ob es ein Vorgeschmack des Paradieses ist? Mein Kopf. Er brennt, wie siedendes Öl. Woran werde ich eigentlich eingehen? An einem Hirnschlag. Das wäre der Tropfen, der das Faß zum Überlaufen bringt. Ich kann nur sagen, daß der Schmerz beinahe unerträglich ist. Weißglühende Migräne. Der Tod muß mich für einen anderen halten. Das Herz ist schuld daran, wie in der Brust des Streichholzkönigs Schneider, Schröder, ich weiß nicht mehr. Es brennt übrigens auch, es errötet, über sich, über mich, über sie, es schämt sich über alles, nur offenbar nicht darüber, daß es schlägt. Es ist nichts, Nervosität, weiter nichts. Und wer weiß, vielleicht ist es der Atem, der mir zu guter Letzt zuerst fehlen wird. Welch schwindelerregendes Geflüster vorher, nachher und während eines jeden Geständnisses. Das Fenster sagt mir Morgengrauen, vorüberjagende, flauschige Regenwolken. Viel Vergnügen. Fern von diesem rötlich schimmernden Schatten. Ja, ich atme schlecht aus, meine Brust bleibt klaffend offen, die Luft erstickt mich, sie ist vielleicht etwas sauerstoffarm. Wicht Macmann betrachtet unter hohen, schwarzen, gestikulierenden Kiefern in der Ferne das entfesselte Meer. Die anderen sind ebenfalls dort oder an ihren Fenstern, wie ich, aber sie stehen, es müssen Ambulante sein, es müssen mindestens Transportfähige sein, nein, nicht wie ich, sie können nichts für einen tun, sich an die zitternden Pappeln klammernd oder lauschend an ihren Fenstern. Aber ich würde vielleicht besser zunächst mit mir zu Ende kommen, soweit das überhaupt möglich ist, natürlich. Die Geschwindigkeit, mit der es sich dreht, ist zwar lästig, aber sie wird wahrscheinlich nur noch zunehmen, das muß man sich vor Augen halten. Memorandum, dem Fragebogen hinzufügen, Wenn Sie zufällig ein Streichholz haben, würden Sie dann bitte versuchen, es zu entzünden. Wie ist es möglich, daß ich nichts gehört habe, als er zu mir sprach, und daß ich ihn nicht gehört habe, als er mich pfeifend verließ? Vielleicht hat er nur so getan, als spräche er zu mir, um mich glauben zu machen, ich wäre taub geworden. Höre ich denn jetzt etwas? Mal sehen. Nein. Weder den Wind, noch das Meer, noch das Papier, noch die Luft, die ich mit so großer Mühe ausstoße. Aber dies undeutliche Geschwätz wie von einer flüsternden Menge? Ich begreife es nicht. Mit meiner fernen Hand zähle ich die Seiten, die mir bleiben. Es wird reichen. Das ist mein Leben, dieses Heft, dieses dicke Kinderheft, ich habe lange Zeit gebraucht, um mich damit abzufinden. Und doch werde ich es nicht wegwerfen. Denn ich will diejenigen ein letztes Mal hineinbringen, die ich zu Hilfe gerufen habe, aber schlecht, so daß sie nichts begriffen haben, sie sollen mit mir sterben. Ruhe.

Mit einem weiten, bis an seine Knöchel reichenden, gestreiften Umhang über seinem langen Hemd und mit dem Hut, den Moll ihm wiedergegeben hatte, auf dem Kopf, ging Macmann bei jedem Wetter vom Morgen bis zum Abend an die frische Luft. Und mehrmals mußte man nach ihm suchen, in der Dunkelheit, mit Laternen, um ihn wieder in seine Zelle zu bringen, denn er hatte nicht auf den Ruf der Glocke und auf Lemuels Schreie und Drohungen anfangs und die der anderen Wärter später gehört. Dann entfernten sich die mit Stöcken und Laternen ausgerüsteten Wärter in ihren weißen Anzügen fächerartig von den Gebäuden und schlugen auf das Gestrüpp, das Farnkraut und die Büsche ein, wobei sie den Flüchtigen riefen und ihm mit den schlimmsten Repressalien drohten, wenn er sich nicht sofort ergäbe. Aber man merkte schließlich, daß er, wenn er sich versteckte, sich stets an derselben Stelle versteckte, und daß ein so großes Aufgebot an Kräften unnötig war. Von da an war es Lemuel, der sich ganz allein und schweigend, wie immer, wenn er wußte, was er zu tun hatte, geradewegs zu dem Gebüsch begab, wo Macmann sich ein Schlupfloch ausgehöhlt hatte, jedesmal wenn es nötig war. Mein Gott. Und oft blieben sie da eine ganze Weile zusammen, in dem Gebüsch, ehe sie zurückkehrten, aneinandergekauert, denn das Nest war klein, indem sie schwiegen, vielleicht auf die Geräusche der Nacht lauschten, nach den Eulen, dem Wind in den Blättern, der See, wenn sie hoch genug ging, um ihre Stimme vernehmbar zu machen, und auch nach den anderen Geräuschen der Nacht, von denen man nicht weiß, was sie bedeuten. Und es kam auch vor, daß Macmann, weil er darunter litt, nicht mehr allein zu sein, ganz allein aufbrach und in sein Zimmer zurückkehrte, und daß Lemuel dort erst viel später wieder auf ihn stieß. Es war ein echter englischer Garten, obwohl er weit von England entfernt war, dessen Vernachlässigung aber absurde Ausmaße angenommen hatte, alles wuchs dort in gieriger Üppigkeit, die Bäume bekriegten einander, die Sträucher ebenfalls und die wilden Blumen und das Unkraut, in einem entfesselten Hunger nach Erde und Licht. Eines Abends, als Macmann mit einem von einem toten Brombeerstrauch abgerissenen Zweig zurückkehrte, aus dem er zur Unterstützung seiner Schritte einen Stock machen wollte, nahm Lemuel ihn ihm ab und schlug ihn lange damit, nein, das geht nicht, Lemuel rief einen Wärter namens Pat, einen echten Rohling, obwohl er schwächlich aussah, und sagte ihm, Pat, sieh dir das mal an. Dann riß Pat den Zweig aus Macmanns Händen, der angesichts der eintretenden Wendung der Dinge ihn mit beiden Händen festhielt, und schlug ihn damit, bis Lemuel ihm befahl aufzuhören, und sogar noch länger. Das alles ohne die geringste Erklärung. So daß Macmann kurz darauf, als er von seinem Spaziergang eine Hyazinthe mitbrachte, die er mit der Zwiebel und den Wurzeln ausgerissen hatte, und zwar in der Hoffnung, sie so ein wenig länger zu erhalten, als wenn er sie einfach gepflückt hätte, erlebte, wie Lemuel ihm heftig zusetzte, ihm die hübsche Blume aus den Händen riß und drohte, ihn von neuem Jack auszuliefern, nein, Pat, Jack ist ein anderer. Und doch hatte es ihm niemals den geringsten Verweis eingebracht, daß er einen Strauch, eine Art Lorbeerstrauch, zur Hälfte verheert hatte, um sich darin zu verstecken. Darüber sollte man sich nicht wundern, es gab keine Beweise gegen ihn. Wenn man ihn diesbezüglich verhört hätte, so hätte er natürlich die Wahrheit gesagt, in dem Glauben, nichts Böses getan zu haben. Aber man nahm wohl an, daß er nur leugnen und lügen würde und daß es infolgedessen unnütz sei, ihn mit Fragen zu überschütten. Man verhörte übrigens nie im Sankt-Johannes-Haus, aber entweder wütete man ganz einfach, oder aber man sah davon ab, gemäß den Motiven einer besonderen Logik. Denn, wenn man es sich recht überlegt, mit welchem Recht schreibt man dem Träger einer Blume die Missetat zu, sie gepflückt zu haben? Oder stellt die bloße Tatsache, sie offen in der Hand zu halten, ein ausreichendes, der Hehlerei ähnliches Vergehen dar? Wäre es in diesem Falle nicht besser gewesen, die Betroffenen freimütig und redlich davon in Kenntnis zu setzen, damit das Schuldgefühl, statt dem begangenen Fehler zu folgen, ihm lieber vorausgehe? Die Frage scheint so gut gestellt zu sein, sehr sehr gut. Dank dem wie bei den Metzgern blauweiß gestreiften Umhang war keinerlei Verwechslung zwischen Leuten wie Macmann einerseits und Lemuel, Jack und Pat andererseits möglich. Die Vögel. Zahlreich und vielartig lebten sie in diesem dichten Blattwerk, ohne Furcht, das ganze Jahr hindurch, ohne andere Furcht, als die vor ihren Artgenossen, und jene, die im Sommer oder im Winter wegflogen nach anderen Himmeln, kamen im folgenden Winter oder Sommer wieder, grob gesprochen. Die Luft füllte sich mit ihren Stimmen, besonders beim Morgengrauen und bei der Abenddämmerung, und jene, die morgens scharenweise wegflogen, wie die Raben und die Stare, zu fernen Äckern, kehrten abends ganz fröhlich ins warme Nest zurück, wo ihre Wachen sie erwarteten. Wenn es stürmte, machten zahlreiche Möwen auf ihrer Flucht ins Innere hier Rast. Sie kreisten lange, vor Zorn schreiend, in der grimmigen Luft und ließen sich dann auf dem Gras oder auf dem Dach des Gebäudes nieder, da sie den Bäumen mißtrauten. Aber das alles geht an der Frage vorbei, wie so vieles. Alles ist Vorwand, Sapo und die Vögel, Moll, die Bauern, jene, die einander in den Städten suchen und aus dem Wege gehen, meine Zweifel, die mich nicht interessieren, meine Lage, meine Sachen, Vorwand, um nicht zur Sache zu kommen, zum Aufgeben, indem man Schluß macht, Schluß sagt und geht, ohne jede andere Formalität, ganz gleich, ob die kleinen Spielkameraden einen deshalb schief ansehen. Ja, man hat gut reden, es ist schwer, alles zu verlassen. Die von Beleidigungen abgenützten Augen verweilen verächtlich auf allem, was sie solange angebetet haben, in dem letzten, endlich wahren Gebet, dem Gebet, das nichts mehr erfleht. Und dann belebt ein leiser Hauch der Erfüllung die toten Wünsche, und in dem stummen Universum hebt ein Gemurmel an, das einem liebevoll vorwirft, zu spät die Hoffnung aufgegeben zu haben. Als Viatikum gibt es nichts Besseres. Suchen wir nach einem anderen Weg. Die reine Luft

Ich werde trotzdem versuchen weiterzumachen. Die reine Luft der Hochebene. Es war tatsächlich eine Hochebene, Moll hatte nicht gelogen, oder besser, eine Anhöhe mit sanften Abhängen. Die Sankt-Johannes-Domäne dehnte sich über ihre ganze Kuppe aus, und der Wind wehte dort sozusagen unaufhörlich, ließ die mächtigsten Bäume sich beugen und ächzen, rupfte Äste ab, schüttelte die Sträucher, brachte das Farnkraut zum Rasen, drückte das Gras an den Boden und riß Blätter und ganze Blumen mit sich, hoffentlich habe ich nichts vergessen. Gut. Eine hohe Mauer führte ringsherum, versperrte jedoch nur dem, der nahe daran stand, die Sicht. Wieso? Natürlich aufgrund der Geländeaufwallung, deren Gipfel, den man nach dem dort befindlichen Felsen den »Fels« nennt, die Ebene, das Meer, das Gebirge, die Dünste der Stadt und die Gebäude der Anstalt überragte, die trotz der Entfernung massiv und ausgedehnt wirkten, und wo jeden Augenblick so was wie Flöckchen auftauchten und verschwanden, die in Wirklichkeit nur auf und ab gehende Wärter waren, bei denen sich vielleicht auch, ich hätte fast gesagt, Gefangene befanden, denn aus diesem Abstand gesehen war der Umhang nicht mehr gestreift und sah auch nicht mehr wie ein Umhang aus, so daß man nach der ersten Überraschung nur sagen konnte, es sind Männer und Frauen, einfach Leute, ohne es genauer zu bestimmen. Ein hier und da überbrückter Fluß – aber was soll die Natur hier eigentlich? Wo hätte seine Quelle übrigens entspringen können, das frage ich mich. Unter der Erde vielleicht. Kurz, ein kleines Eden für einen, der das Liederliche liebt. Macmann fragte sich manchmal, was seinem Glück fehlte. Das Recht auf frische Luft bei jedem Wetter vom Morgen bis zum Einbruch der Nacht, eine Vegetation, die ihm ihre Äste entgegenzustrecken schien, um ihn zu umhüllen und zu verstecken, das Lager und die Nahrung als solche gratis und gesichert, herrliche Ausblicke nach allen Seiten auf den ewigen Feind, das strikte Minimum an Schinderei und Brutalität, das Singen der Vögel, keinen menschlichen Kontakt außer Lemuel, dem nichts lieber war, als ihn so wenig wie möglich zu sehen, die durch das unablässige Laufen und den starken Wind getöteten Fähigkeiten der Erinnerung und der Reflexion, Moll gestorben, was blieb ihm noch zu wünschen übrig? Ich muß wohl glücklich sein, sagte er sich, das ist weniger lustig, als ich gedacht hätte. Und er ging immer mehr auf die Mauer zu, ohne ihr jedoch zu nahe zu kommen, da sie bewacht war, indem er einen Ausweg in die Trostlosigkeit, niemanden und nichts mehr zu haben, suchte, zur Erde des knappen Brotes, der knappen Unterkünfte, der Erschreckten, zur schwarzen Freude, allein und leer, nichts könnend, nichts wollend, inmitten von Wissen, Schönheit und Lieben zu wandeln. Was er ausdrückte, indem er sagte, Ich habe es satt, denn er war arglos, ohne sich einen einzigen Augenblick über das zu beugen, was er satt hatte, oder es mit dem zu vergleichen, das er satt gehabt hatte, bevor er es verlor, und das er wieder satt haben würde, wenn er es wieder haben würde, oder zu ahnen, daß etwas, dessen Übermaß sich so oft bemerkbar macht und das sich so verschiedener Benennungen erfreut, in Wirklichkeit vielleicht nur eines ist. Aber ein anderer beugte sich für ihn darüber und brachte das Gleichheitszeichen kalt dort an, wo es angebracht werden mußte, als wenn es etwas ändern könnte. So daß er sich mit diesem einfachen, dummen Keuchen begnügen konnte, Genug, genug, wobei er langsam unter der Deckung der Vegetation dem Verlauf der Mauer folgte und eine Bresche suchte, um sich hindurchzuschleichen, im Schutze der Nacht, oder rauhe Unebenheiten, die ihm gestatteten, sie zu überklettern. Aber die Mauer war lückenlos und glatt und in ihrer ganzen Länge mit grünen Glasscherben gekrönt. Aber schauen wir uns mal das Gitter an, das breit genug ist, um zwei große Fahrzeuge auf einmal durchzulassen, und das von zwei zauberhaften Häuschen flankiert wird, die mit wildem Wein bewachsen sind und, eins wie das andere, von großen Familien bewohnt werden, nach den Schwärmen kleiner Unschuldiger zu urteilen, die in der Nähe spielten, sich jagten und aus Freude, Wut und Schmerz scharfe Schreie ausstießen. Aber der Raum umgab Macmann von allen Seiten, er steckte darin wie in einem Netz, mit dem Unendlichen der Körper, die sich kaum rührten, und um sich schlugen, wie beispielsweise diese Kinder, diese Häuser, dies Gitter, und die Momente flossen, wie von den Dingen ausgeschwitzt, in ein lautes, verwirrendes Rauschen aus Sickern und Strömen, und die aneinandergedrängten, verstrickten Dinge veränderten sich und starben, jedes gemäß seiner Einsamkeit. Hinter dem Gitter, auf der Straße, zogen Formen vorbei, die Macmann nicht ausmachen konnte, der Stäbe wegen und auch wegen allem, was hinter seinem Rücken und an seinen Seiten bebte und tobte, wegen der Schreie, des Himmels, der ihn zum Fallen zwingenden Erde und seines langen, blinden Lebens. Ein Wärter kam aus einem der Häuser, wahrscheinlich telefonisch gewarnt, weiß gekleidet, mit einem langen, schwarzen Ding in der Hand, einem Schlüssel. Die Kinder stellten sich zu beiden Seiten der Allee auf. Plötzlich waren Frauen da. Alles erstarrte und schwieg. Die schweren Torflügel öffneten sich, den Mann verdrängend, der zunächst zurückwich, dann kehrtmachte und eiligst wieder auf seine Schwelle trat. Die Straße wurde sichtbar, staubweiß, von dunklen Massen eingefaßt und kurz nach ihrem Beginn schon von einem engen, grauen Himmel verstopft. Macmann verließ den Baum, der ihn verbarg, und stieg den Abhang wieder hinauf, nicht rennend, denn er ging nur mit Mühe, aber doch so schnell er konnte, gebückt und sich duckend, indem er die Stämme und Äste, die sich ihm anboten, ausnützte, um voranzukommen. Allmählich kam der Nebel wieder auf und das Gefühl der Abwesenheit, und die Gefangenen begannen wieder, jeder für sich, zu flüstern, und es war, als ob nichts geschehen wäre und nichts geschehen würde.

Andere als Macmann streiften von morgens bis abends unter dem schweren Umhang gebeugt, in den wenigen Lichtungen zwischen den den Himmel verbergenden hohen Bäumen im hohen Farnkraut herum, wo sie wie Schwimmende aussahen. Sie näherten sich nur selten einander, das lag an ihrer geringen Zahl und an der Ausdehnung des Parks. Aber wenn der Zufall zwei oder mehrere von ihnen einander so näherte, daß sie es gewahr wurden, so machten sie schleunigst kehrt, oder, ohne so weit zu gehen, änderten einfach die Richtung, als ob sie sich schämten, sich ihresgleichen zu zeigen. Aber manchmal berührten sie einander, ohne daß sie es zu bemerken schienen, mit in der weiten Kapuze eingezogenem Kopf.

Macmann trug das Foto, das Moll ihm gegeben hatte, bei sich und betrachtete es von Zeit zu Zeit, es war vielleicht eher eine Daguerreotypie. Sie stand neben einem Stuhl und hielt mit den Händen ihre langen Zöpfe fest. Hinter ihr waren noch Reste einer Art Gitterwerk, an dem Blumen hinaufkletterten, Rosen wahrscheinlich, sie klettern gern. Als sie Macmann dies Andenken gab, hatte sie gesagt, ich war vierzehn Jahre alt, ich kann mich gut an den Tag erinnern, an einen Sommertag, es war mein Geburtstag, danach nahm man mich mit zum Kasperletheater. Macmann erinnerte sich an diese Worte. Der Stuhl war das, was ihm auf diesem Bild am besten gefiel, seine Sitzfläche schien aus Stroh zu sein. Moll preßte geflissentlich ihre Lippen aufeinander, um ihre langen, vorstehenden Zähne zu verbergen. Die Rosen mußten auch schön sein, sie mußten die Luft mit ihrem Duft erfüllen. Macmann zerriß dies Foto schließlich und warf die

Fetzen in den Wind. So zerstreuten sie sich schleunigst, ja, wie beglückt, obwohl sie alle den gleichen Bedingungen unterworfen waren.

Wenn es regnete, wenn es schneite

Zur Sache. Eines Morgens fand Lemuel, der sich vor Antritt seines Dienstes in den großen Saal begeben hatte, wie die Hausordnung es vorschrieb, am Brett angeheftet eine ihn betreffende Notiz. Gruppe Lemuel, Ausflug zu den Inseln, wenn das Wetter es erlaubt, mit Madame Pédale, Abfahrt 13 Uhr. Seine Kollegen schauten ihn höhnisch an und stießen sich mit den Ellbogen. Aber sie wagten nicht, etwas zu sagen. Eine Frau machte jedoch einen Witz, der ein so lautes, stürmisches Gelächter auslöste, daß sich spontan Paare bildeten, die sich umarmten und taumelten, wobei jeder über die Schulter seines Partners hinweglachte. Lemuel war nicht beliebt, das sah man. Hätte er es denn sein wollen? Das ist es eben. Er paraphierte die Notiz und zog los. Die Sonne ging eben erst mühsam auf und leitete das ein, was vielleicht durch sie ein schöner Maien- oder Apriltag würde, besser April, es ist wahrscheinlich das Osterwochenende, das Jesus in der Hölle verbrachte. Und vielleicht war es zu Ehren dieses letzteren, daß Madame Pédale zugunsten der Gruppe Lemuel diesen Ausflug zu den Inseln organisiert hatte, der sie teuer zu stehen kommen sollte, aber sie war eine wohlhabende Frau, die liebend gern Gutes tat und denen, die weniger begütert waren als sie, ein wenig Freude bereitete, und die einen ganz gesunden Menschenverstand hatte. Das Leben hatte ihr stets zugelächelt, oder besser, um ihren eigenen Ausdruck zu gebrauchen, das Leben hatte ihr Lächeln erwidert und dabei vergrößert wie ein konvexer oder konkaver Spiegel, ich weiß es nicht. Lemuel starrte widerwillig die Sonne an, wobei ihm die irdische Atmosphäre zugute kam, die den Glanz der Strahlen dämpfte. Er befand sich gerade in seinem Zimmer, im vierten oder fünften

Stockwerk, von wo aus er sich schon manches Mal in aller Ruhe aus dem Fenster hätte stürzen können, wenn er mehr Charakter gehabt hätte. Der lange, spitz endende Silberteppich schimmerte durch das ruhige, wie Metall gehämmerte Meer. Das Zimmer war klein und ganz leer, denn Lemuel schlief auf dem Fußboden und nahm dort auch seine kleineren Mahlzeiten ein, bald an dieser Stelle und bald an jener. Aber was soll Lemuel hier eigentlich und sein Zimmer. Madame Pédale war nicht die einzige, die sich so für die Schützlinge Sankt-Johannes' oder die Sankt-Johanniter, wie man sie im Ort gutmütig nannte, interessierte, nicht die einzige, die sie durchschnittlich alle zwei Jahre zu Ausflügen zu Lande und zur See in Gegenden einlud, die wegen ihrer Schönheit oder ihrer Größe berühmt waren, und sie sogar mit Belustigungen an Ort und Stelle, wie Vorstellungen eines Zauberers oder Bauchredners im Mondschein auf der Terrasse, überraschte, sondern es standen ihr andere Damen zur Seite, die ihre Ansicht teilten und an Muße und Mitteln ebenso reich waren wie sie. Aber was soll Madame Pédale hier eigentlich. Zur Sache. Lemuel begab sich mit zwei ineinandergestellten Eimern zur Küche. Dort herrschte Hochbetrieb. Sechs Ausflugssuppen, brummte er. Was? sagte der Küchenbulle. Sechs Ausflugssuppen! brüllte Lemuel, indem er seine Eimer gegen den Herd schleuderte, ohne jedoch die Bügel loszulassen, denn er blieb kaltblütig genug, nicht zu wollen, daß er sich bücken müßte, um sie aufzuheben. Es trat eine tiefe Stille ein. Schon gut, schon gut, sagte der Küchenbulle. Der Unterschied zwischen einer Ausflugssuppe und einer gewöhnlichen oder Haussuppe bestand darin, daß diese ganz flüssig war, während jene ein Stück Speck enthielt, und zwar zu dem Zweck, die Kräfte der Ausflügler bis zu ihrer Rückkehr zu erhalten. Mit seinem gefüllten Eimer zog Lemuel sich an einen abgelegenen Ort zurück, krempelte seinen Ärmel bis zum Ellbogen auf, fischte vom Boden des Eimers die sechs Speckstücke, seines und die fünf anderen, nacheinander heraus, aß sie bis auf die Schwarte und warf diese, nachdem er sie abgeleckt hatte, wieder in die Suppe. Sonderbar, aber eigentlich doch nicht so sehr, war die Tatsache, daß man ihm sechs Ausflugs- oder Extrasuppen auf sein bloßes Verlangen hin serviert hatte, ohne eine Bescheinigung zu fordern. Die Zimmer der fünf lagen weit voneinander entfernt und waren so raffiniert verteilt, daß Lemuel nie begriffen hatte, wie er vorgehen sollte, um sie nacheinander mit einem Minimum an Ermüdung und Ärger zu besuchen. Im ersten ein junger Mann, jung gestorben, auf einem alten Schaukelstuhl sitzend, mit hochgestreiftem Hemd und den Händen auf den Oberschenkeln. Er hätte wie schlafend ausgesehen, wenn seine Augen nicht weit offen gewesen wären. Er ging nie aus, wenn er nicht durch einen Befehl von oben dazu gezwungen wurde, und dann mußte man ihn begleiten, um ihn zum Gehen zu bewegen. Sein Nachtgeschirr war leer, während seine Suppe vom Vortage in seinem Eßgeschirr steif geworden war. Das Gegenteil wäre weniger überraschend gewesen. Aber Lemuel war daran gewöhnt, und zwar so sehr, daß er sich nicht mehr fragte, wovon diese Person sich ernährte. Er entleerte das Eßgeschirr in seinen leeren Eimer und füllte es mit frischer Suppe aus seinem vollen Eimer. Dann ging er, einen Eimer in jeder Hand, während bis jetzt eine einzige genügt hatte, um sie beide zu tragen. Er schloß die Tür hinter sich ab, aus übertriebener Vorsicht, wegen des Ausflugs. Das zweite Zimmer, vier- oder fünfhundert Schritt von dem ersten entfernt, enthielt ein Wesen, das eigentlich nur durch seine Größe frappierte, durch seine Steifheit und dadurch, daß es den Anschein erweckte, unaufhörlich etwas zu suchen, wobei es sich fragte, was das wohl sein könnte. Nichts an ihm zeigte das Alter an, das er haben mochte, ob er sich wunderbar gehalten hatte oder ob er im Gegenteil früh verwelkt war. Man nannte ihn den Engländer, obwohl er weit davon entfernt war, einer zu sein, vielleicht weil er sich von Zeit zu Zeit auf englisch ausdrückte. Ohne sein Hemd auszuziehen, hatte er sich in seine beiden Decken wie in Windeln eingehüllt und über diesen plumpen Kokon seinen Umhang gelegt, den er fröstelnd über sich zusammenzog, mit einer Hand nur, denn er brauchte die andere als Hilfe bei der Untersuchung von allem, was ihm verdächtig vorkam. Seine Füße lagen indessen bloß. Good-morning, good-morning, good-morning, sagte er, mit einem starken fremden Akzent, wobei er forschende Blicke um sich schleuderte, fucking awful business this, no, yes? Vielleicht fürchtete er, seine Gedanken zu verraten. Brüske, sofort wieder gehemmte Sprünge entfernten ihn unmerklich von seinem optimalen Beobachtungsposten in der Mitte des Zimmers. What! schrie er. Seine Suppe, die er wahrscheinlich Tropfen für Tropfen untersucht hatte, war so, wie sie war, ins Nachtgeschirr gewandert. Ängstlich sah er zu, wie Lemuel das Nötige tat, entleeren und füllen. Dreamt all night of that bloody man Quin again, sagte er. Es gehörte zu seinen Gewohnheiten, von Zeit zu Zeit auszugehen. Aber nach einigen Schritten blieb er schwankend stehen, machte kehrt und ging, von soviel Undurchsichtigkeit verwirrt, eilig wieder in sein Zimmer zurück.

Im dritten ging ein kleiner Magerer munter auf und ab, mit auf dem Arm zusammengefaltetem Umhang und einem Schirm in der Hand. Schönes, weißes, seidiges Haar. Er stellte sich mit leiser Stimme Fragen, überlegte und beantwortete sie. Die Tür war kaum offen, als er losrannte, um hinauszugelangen. Er verbrachte seine Tage tatsächlich damit, daß er den Park kreuz und quer durchstreifte. Ohne seine Eimer abzusetzen, schubste Lemuel ihn mit der Schulter, so daß er über den Boden rollte. Als er sich von seinem Schrekken erholt hatte, preßte er, ohne aufzustehen, Umhang und Regenschirm, die er nicht losgelassen hatte, an sich und fing an zu weinen. Im vierten ein enormer, unförmiger Bartträger, dessen einzige Beschäftigung war, daß er sich zuweilen kratzte. Schlief auf seinem auf den Boden unter das Fenster gelegten Kopfkissen sitzend, mit vornüber geneigtem Kopf, geschlossenen Augen, offenem Mund, gespreizten Beinen, angezogenen Knien, mit einer Hand auf den Fußboden gestützt, während die andere unter seinem Hemd auf und ab glitt, wartete er auf seine Suppe. War sein Eßgeschirr gefüllt, so hörte er auf zu kratzen und streckte Lemuel die Hand hin, in der täglich enttäuschten Hoffnung, sich eine Ortsveränderung zu ersparen. Er liebte noch das schattige und geheimnisvolle Farnkraut, suchte es aber nie mehr auf. Also der Junge, der Engländer, der Magere und der Bärtige. Ich weiß nicht, ob sie sich verändert haben, ich erinnere mich nicht mehr daran. Was die anderen betrifft, so mögen sie mir verzeihen. Im fünften Macmann, wie betäubt.

Einige Zeilen, um mich daran zu erinnern, daß ich auch noch da bin. Man ist nicht mehr gekommen. Wieviel Zeit ist seit meinem Besuch vergangen? Ich weiß nicht. Lange Zeit. Und ich. Unleugbar sterbend, Punktum. Woher diese Sicherheit? Versuche nachzudenken. Ich kann es nicht. Grandioses Leiden. Ich schwelle an. Wenn ich platzen würde? Die Decke nähert sich, entfernt sich, im Rhythmus, wie einst, als ich ein Fötus war. Ebenfalls zu erwähnen ist ein lautes Rauschen von Wasser, ein mutatis mutandis vielleicht der Luftspiegelung in der Wüste analoges Phänomen. Fenster. Ich werde es nicht mehr sehen, da ich leider außerstande bin, meinen Kopf umzudrehen. Wieder saturnisches, dichtes, quirlendes Licht, das sich in tiefe Trichter mit hellem Grund gräbt, oder sollte ich Luft sagen, saugendes Licht. Alles ist bereit. Außer mir. Ich werde in den Tod geboren, wenn ich so sagen darf. Das ist mein Eindruck. Komische Schwangerschaft. Die Füße haben die große Scheide der Existenz schon passiert. Günstige Lage, hoffe ich. Mein Kopf wird zuletzt sterben. Zieh die Hände zurück. Ich kann es nicht. Die Zerreißende zerrissen. Wenn meine Geschichte endet, werde ich noch leben. Verheißungsvolle Verzögerung. Nichts mehr über mich. Ich sage nicht mehr ich.

Mit seiner ganzen kleinen Gesellschaft, die vollzählig zu versammeln ihm nach fast zweistündigen Bemühungen gelungen war, erwartete Lemuel auf der Terrasse die Ankunft Madame Pédales. Er hatte alles ganz allein gemacht, da Pat sich geweigert hatte, ihm zu helfen. Kordeln an den Knöcheln verbanden den Jungen mit dem Mageren, sowie den Engländer mit dem Bärtigen, und Lemuel hielt Macmann am Arm fest. Es war in der Tat Macmann, der aus Wut darüber, daß er den ganzen Morgen eingesperrt gewesen war, und weil er überhaupt nicht begriff, was man von ihm wollte, den heftigsten Widerstand geleistet hatte. Er hatte sich nämlich geweigert, ohne seinen Hut auszugehen, und zwar mit einer so hartnäckigen Energie, daß Lemuel, erschöpft von so vielen Vorbereitungen, ihm schließlich gesagt hatte, er könne ihn unter der Bedingung, ihn gut unter seiner Kapuze zu verbergen, behalten. Macmann blieb darum nichtsdestoweniger aufgeregt und grüblerisch, wobei er versuchte, seinen Arm loszureißen, und wiederholt rief, Lassen Sie mich! Lassen Sie mich los! Sich als das Objekt unbegreiflicher Maßnahmen und Vorkehrungen in Gesellschaft anderer, zu zweien an den Knöcheln miteinander verbundener Elender zu sehen, das machte ihn nervös! Der Junge, der unter der Sonne zu leiden hatte, bemühte sich lässig, um den Regenschirm des Mageren, wobei er sagte, Pa'sol! Pa'sol! Der Magere versetzte ihm manchen ungestümen Klaps auf die Hände und Unterarme. Du Böser! schrie er. Hilfe! Der Bärtige hatte seine Arme um den Hals des Engländers geworfen und sich daran geklammert, wobei er die Beine schlaff hängen ließ. Der taumelnde Engländer, der zu stolz war, um zusammenzubrechen, verlangte ohne Zorn Erklärungen. Who is this shite anyway, sagte er, any of you poor buggers happen to know. Der Direktor oder sein ebenfalls anwesender Vertreter sagten dann und wann träumerisch, Ein bißchen Haltung, bitte. Sie standen allein auf der großen Terrasse. Ob sie einen Witterungsumschlag befürchtet hat? sagte der Direktor. Sich Lemuel zuwendend, fügte er hinzu, Ich habe

Sie etwas gefragt. Der Himmel war wolkenlos, die Luft regungslos. Wo ist der schöne, junge Mann mit dem Christusbart? Aber hätte sie in solchem Falle nicht telefoniert? sagte der Direktor.

Der Break. Auf dem Bock Madame Pédale neben dem Kutscher. Auf einer der parallel zur Fahrtrichtung angeordneten Bänke, Lemuel, Macmann, der Engländer und der Bärtige. Macmann hat auch eine Art Bart. Na und? Auf der anderen, ihnen gegenüber, der Magere, der Junge und zwei Kolosse in Seemannskleidung. Bei der Fahrt durch das Gittertor applaudierten die Kinder. Ein plötzliches, langes, steiles Gefälle ließ die Equipage langsam dem Meer entgegentauchen. Die von den Bremsklötzen erfaßten Räder glitten mehr als sie rollten, und die strauchelnden Pferde stemmten sich gegen den Druck. Madame Pédale klammerte sich an den Bock, mit rückwärts gestrecktem Körper. Sie war eine große, dicke, fette Frau. Künstliche Gänseblumen mit gelb glänzenden Herzchen entsprossen ihrem breitrandigen Strohhut. Gleichzeitig schien es auf ihrem roten, aufgedunsenen Gesicht hinter einem Schleier von pastillendikken Knötchen zu wimmeln. Die Fahrgäste waren, in gemeinsamer Trägheit der Neigung der Bänke nachgebend, einer nach dem anderen unter den Bock gepurzelt. Setzt euch nach hinten! schrie Madame Pédale. Keiner rührte sich. Was würde es ändern? sagte einer der Seeleute. Nichts, sagte der andere. Müssen sie aussteigen? fragte Madame Pédale den Kutscher. Beim Rückweg werden sie es müssen, antwortete er. Nachdem der Abhang schließlich überwunden war, wandte Madame Pédale sich endlich leutselig ihren Gästen zu. Nur Mut, meine Lieben, sagte sie, um zu zeigen, daß sie nicht stolz war. Mit zunehmender Geschwindigkeit fuhr der Break rumpelnd weiter. Der Bärtige lag zwischen den beiden Bänken auf dem Boden. Sind Sie der Verantwortliche? sagte Madame Pédale. Einer der Seeleute beugte sich Lemuel zu und sagte, Man fragt Sie, ob Sie der

Verantwortliche sind? Ruhe, sagte Lemuel. Der Engländer gab ein Gebrüll von sich, in dem Madame Pédale, die auf das geringste Anzeichen einer guten Stimmung lauerte, eine Freudenkundgebung erkennen zu können glaubte. Das ist es! Singt! rief sie aus. Nützt diesen schönen Tag! Vergeßt eure Sorgen ein paar Stunden lang! Und sie stimmte an:

O du lieber lieber Lenz
süßer Monat voller Wonne
mach daß deine warme Sonne
über Wald und Fluren glänzt
über Wald und ...

Sie schwieg, entmutigt. Was ist denn mit ihnen los, sagte sie. Der Junge, weniger jung als soeben, sah zusammengekrümmt, mit dem Kopf in den Schößen seines Umhangs, so aus, als erbräche er sich. Seine mageren, übermäßig einwärts gebogenen Beine stießen auf der Höhe der Knie aneinander. Der kleine Magere hatte bibbernd, obwohl der Engländer eigentlich der Bibberhahn war, seinen Dialog wieder aufgenommen. Er verhielt sich regungslos und gefaßt zwischen den Verlautbarungen, die er mit leidenschaftlichen, durch den Regenschirm noch vergrößerten Gesten unterstrich. Und du? ... Danke ... Und du? ... Ach was! ... Hast recht ... Nach rechts? ... Mal versuchen ... Zurück ... Wohin? ... Es regnet ... Ach was ... Zurück ... Wohin? ... Nach links ... Mal versuchen ... Riecht ihr das Meer, Kinder? sagte Madame Pédale. Ich rieche es. Macmann wollte das Weite suchen, vergebens. Lemuel zog ein Handbeil unter seinem Umhang hervor und schlug sich damit mehrmals auf den Schädel, mit dem stumpfen Ende, vorsichtshalber. Pfundiger Ausflug, sagte einer der Seeleute. Prima, sagte der andere. Sonne, blauer Himmel. Ernst, reich mal die Brötchen, sagte Madame Pédale.

Die Schaluppe. Viel Platz, wie in dem Break, für doppelt

soviel Leute, dreimal, viermal soviel, wenn man eng zusammenrückte. Ein Land entfernte sich, ein anderes näherte sich, große und kleine Inseln. Nur das Geräusch der Ruder, der Dollen, der blauen See am Kiel. Madame Pédale saß am Heck, vom Trübsinn überwältigt. Wie schön das alles ist, murmelte sie. Allein, unverstanden, gut, zu gut. Nachdem sie den Handschuh abgestreift hatte, tauchte sie ihre mit Saphiren beladene Hand ins durchsichtige Wasser. Vier Ruder, kein Steuer, die Ruder steuern. Was soll ich über meine Leutchen sagen? Nichts. Sie sind da, jeder so gut er kann, so gut er irgendwo sein kann. Lemuel sieht zu, wie die Berge sich hinter den spitzen Türmen des Hafens erheben, es sind eigentlich

Es sind eigentlich Hügel. Sie erheben sich sacht, bläulich, aus der verworrenen Ebene. Da irgendwo wurde er geboren, in einem schönen Hause, bei guten Eltern. Da oben ist das Heidekraut und der Stechginster, mit den warmen, goldenen Blüten, den man auch Pfriemenkraut nennt. Die Hämmer der Steinbrecher klingen wie Glöckchen, von morgens bis abends.

Die Insel. Noch eine Anstrengung. Sie ist klein, die Seeseite ist von Buchten angefressen. Man könnte dort leben, es wäre vielleicht gut, dort zu leben, wenn das Leben möglich wäre, aber niemand lebt dort. Die tiefe See dringt bis in ihre geheimsten Winkel, zwischen hohen Felsenwänden. Eines Tages wird es nur noch zwei Inseln geben, getrennt durch einen zunächst schmalen Abgrund, der dann in dem Maße breiter wird, wie die Jahrhunderte aufeinander folgen, zwei Inseln, zwei Felsen, zwei Klippen. Es ist schwer, unter diesen Umständen von Menschen zu sprechen. Kommen Sie, Ernst, sagte Madame Pédale, wir werden einen Picknickplatz suchen. Und Sie, Maurice, fügte sie hinzu, bleiben beim Schiff. Ein Schiff nannte sie das. Der Magere hatte Lust, auf der ganzen Insel herumzulaufen, aber der Junge hatte sich in den Schatten eines Felsens gelegt, so daß er Sordello glich, nur nicht so stolz, da Sordello wie ein ruhender Löwe aussah, und er klammerte sich daran. Die Armen, sagte Madame Pédale, befreien Sie sie. Als Maurice sich anschickte, ihr zu gehorchen, sagte Lemuel, Laß das. Der Bärtige hatte sich geweigert, die Schaluppe zu verlassen, was den Engländer zwang, ebenfalls darin zu bleiben. Macmann war auch nicht frei, denn Lemuel hielt ihn an der Hüfte fest und drückte ihn mit einer beinahe zärtlichen Geste an sich. Schließlich sind Sie der Verantwortliche, sagte Madame Pédale. Sie entfernte sich mit Ernst. Plötzlich drehte sie sich um und sagte, Wissen Sie, daß es Spuren

der Druiden auf der Insel gibt? Sie schaute einen nach dem anderen an. Wenn wir uns gestärkt haben, sagte sie, werden wir sie suchen, nicht? Sie machte sich wieder auf den Weg, gefolgt von Ernst, der den Korb in seinen Armen hielt. Als sie verschwunden waren, ließ Lemuel Macmann los, näherte sich Maurice von hinten, der auf einem Stein sitzend dabei war, seine Pfeife zu stopfen, und tötete ihn mit dem Handbeil, Handbeilchen vielmehr. Es geht voran, es geht voran. Der Junge und der Bärtige rührten sich nicht. Der Magere brach seinen Regenschirm am Felsen entzwei, eine merkwürdige Geste. Macmann versuchte wieder, sich aus dem Staube zu machen, aber wieder vergebens. Der Engländer schrie, indem er sich nach vorn beugte und sich auf die Oberschenkel schlug, Nice work, Sir, nice work! Kurz darauf kam Ernst wieder, um sie zu holen. Ihm entgegengehend, tötete Lemuel ihn ebenfalls, genauso wie den anderen. Es dauerte nur etwas länger. Zwei brave, friedliche, harmlose Männer, sogar Schwäger, Rohlinge, wie es Billionen von ihnen gibt. Macmanns enormer Kopf. Er hatte seinen Hut aufgesetzt. Die Sonne neigte sich den Bergen zu. Die Stimme der rufenden Madame Pédale wurde laut. Sie erschien, fröhlich. Kommen Sie, kommen Sie alle, schrie sie, alles ist vorbereitet. Aber beim Anblick der Seeleute selig wurde sie ohnmächtig, so daß sie hinfiel. Smash her! brüllte der Engländer. Sie hatte ihren Hutschleier hochgehoben und hielt ein winziges Butterbrot in der Hand. Sie hatte sich beim Fallen etwas brechen müssen, den Hüftknochen vielleicht, die alten Damen verrenken sich leicht das Hüftgelenk, denn sofort nachdem sie wieder zu sich gekommen war, fing sie an zu stöhnen, als ob nur sie allein auf der Welt bemitleidenswert wäre. Als die Sonne verschwunden war, hinterm Gebirge, und die Lichter des Hafens zu blinken begannen, ließ Lemuel Macmann und die beiden anderen die Barke besteigen, bestieg sie dann selbst, und sie entfernten sich vom Ufer, alle sechs.

Gluckglucks des Abflusses

Dies Knäuel grauer Körper, das sind sie. Still, kaum sichtbar, sind sie nicht mehr, in der Nacht, als ein einziger Haufen, und sie klammern sich vielleicht, die Köpfe in ihre Umhänge vergraben, aneinander. Sie sind weit draußen in der Bucht, Lemuel rudert nicht mehr, die Ruder hängen im Wasser. Die Nacht ist besät mit absurden

absurden Lichtern, Sternen, Leuchtfeuern, Bojen, Lichtern der Erde, und mit den schwachen Feuern brennenden Ginsters im Gebirge. Macmann, mein Letzter, meine Sachen, ich vergesse es nicht, er ist auch da, vielleicht schläft er. Lemuel

Lemuel ist der Verantwortliche, er hebt sein Handbeil, an dem das Blut nie trocknet, aber nicht, um jemanden zu erschlagen, er wird niemanden erschlagen, er wird niemanden mehr erschlagen, er wird niemanden mehr berühren, weder mit ihm noch mit ihm noch mit noch mit noch

noch mit ihm noch mit seinem Hammer noch mit seinem Stock noch mit seinem Stock noch mit seiner Faust noch mit seinem Stock noch mit noch in Gedanken noch im Traum ich meine niemals er wird niemals berühren noch mit seinem Bleistift noch mit seinem Stock noch

noch Lichter Lichter ich meine

niemals das ist es er wird niemals berühren

niemals berühren

das ist es niemals

das ist es das ist es

nichts mehr

Malone stirbt

Entstanden 1947/48; veröffentlicht 1951.
Der Erzähler und Held dieses zweiten Bandes der Trilogie (daß er sich ›zur Zeit‹ Malone nennt, erfährt man erst auf S. 62) hat einige Ähnlichkeit mit Molloy. Auch er liegt im Bett und schreibt, genau wie Molloy (S. 7): ›Wie ich hierhergekommen bin, weiß ich nicht. In einer Ambulanz vielleicht, bestimmt mit irgendeinem Gefährt‹ (S. 12).
Außerdem besteht wohl eine klangliche Assoziationsverbindung zwischen den beiden – und zwar über die irische Ballade von der schönen jungen Fischhändlerin namens Molly Malone.
In manchen Einzelzügen weist Malone auch voraus auf den Hamm des *Endspiels*. Wie dieser betont er, daß jetzt gespielt werden müsse (hier S. 10), lobt seine eigenen Formulierungen (›Schöne Stelle‹, S. 23) und braucht, um selbst noch auf die Umwelt einwirken zu können, einen Stock mit Haken (S. 13-15).
Für die Trilogie (und für den Zusammenhang von Becketts Werk) sind jedoch wohl die Rückverweise wichtiger.
Inwieweit Malone mit Molly oder einer anderen von den vorangehenden Gestalten identisch sein könnte, bleibt offen. Denn er erinnert sich einerseits: ›vielleicht hat man mich halb totgeschlagen, in einem Wald vielleicht, ja, jetzt, wo ich Wald sage, erinnere ich mich dunkel an einen Wald‹ (S. 12/13).
Aber andererseits erklärt er: ›Diese Keule gehört mir, Punktum. Sie ist blutbefleckt, aber nicht genug, nicht genug‹ (S. 101). Und dann taucht sogar im Besitz von Macmann, den Malone, wie er sagt, erfunden hat, auf einmal jenes silberne Messerbänkchen auf (S. 113), das Molloy so sorgfältig gehütet hatte, ohne es auch nur benennen zu können.
Immerhin erhebt Malone den Anspruch, sobald er sterbe, werde es auch ›aus sein mit den Murphy, Mercier, Molloy, Moran und Malone und so weiter‹ (S. 83) – als ob ihrer aller Leben von dem seinigen abhinge.
Und dann überlegt er sich: ›Wieviel Personen habe ich [!] umgebracht, indem ich sie auf den Kopf schlug oder in Brand steckte‹ (S. 83). Er kommt zunächst auf vier, und dann auf einen fünf-

ten, einen Alten, ›in London, glaube ich, schon wieder London, ich [!] habe ihm die Gurgel mit seinem Rasiermesser durchgeschnitten‹ (S. 84).

Der Verbrannte ist Murphy, und der Alte hieß einfach ›der alte Kerl‹. Der erste, der durch Schläge auf den Kopf getötet wurde, war ein Polizist, der zweite Molloys Köhler, und schließlich Morans ›lästiger Kerl‹.

Malone betrachtet sich also ganz offenbar als Schöpfer dieser Gestalten (er zählt sich sogar selbst mit ihnen in einer Reihe auf, s. o.). Folglich muß er, falls sie sterben, auch an ihrem Tod schuld sein, und so sagt er in seiner Macmann-Geschichte über Moll: ›Ich bringe sie jetzt um‹ (S. 122), was auch geschieht; und ganz am Ende seiner Niederschrift, kurz vor dem schreibend erreichten eigenen Tod, läßt er den Pfleger Lemuel auch noch zwei Seeleute namens Maurice und Ernst (S. 152) erschlagen.

Malone hat, wie schon der Held der Erzählung *Das Beruhigungsmittel*, durchaus eine kunsthistorische Bildung genossen – er erinnert sich an Tiepolos Deckengemälde in Würzburg (S. 82); und auch literarisch ist er beschlagen, spielt ohne Aufhebens auf Grillparzers *Des Meeres und der Liebe Wellen* an und zitiert aus der Passage: ›der Tag wird kommen und die stille Nacht, / der Herbst, der Lenz, des langen Sommers Freuden‹ ein kurzes Stück, wenn er von Blättern spricht, ›die des langen Sommers Freuden hinter sich haben‹ (S. 77).

Es liegt auf der Hand, wie aufmerksam – angesichts einer solchen Fülle – die Übersetzung auf die vielfältigen Kreuz- und Querverweise achten und sie, wo immer möglich, durch wortwörtliche Übereinstimmung wiederauffindbar machen muß.

Schließlich stellte sich auch hier wieder die Aufgabe, trotz des anders zusammengesetzten Vokabulars im Deutschen möglichst viele Wortspiele zu retten. Als einziges Beispiel dafür hier der Satz: ›Je suis satisfait, voilà, je suis fait, on me rembourse, je n'ai plus besoin de rien.‹

Die enge Entsprechung zwischen ›je suis satisfait‹ und ›je suis fait‹ war auf deutsch zwar nicht möglich, aber dafür eine Weiterführung (und damit Verdeutlichung) der ähnlich klingenden Verben: ›Ich bin befriedigt, das ist es, ich bin erledigt, man entschädigt mich, ich brauche nichts mehr‹ (S. 8).

Samuel Beckett
Sein Werk im Suhrkamp Verlag

Werke in fünf Bänden. In Zusammenarbeit mit Samuel Beckett herausgegeben von Elmar Tophoven und Klaus Birkenhauer. Übertragungen von Elmar Tophoven, Erika Tophoven und Erich Franzen. Leinen

Band 1: Dramatische Werke. Theaterstücke. Hörspiele. Pantomime/Film/Fernsehspiel
Band 2: Romane I: Murphy. Watt. Mercier und Camier
Band 3: Romane II: Molloy. Malone stirbt. Der Namenlose. Wie es ist
Band 4: Erzählungen
Band 5: Szenen. Prosa. Verse

Gesammelte Werke in Einzelbänden. In Zusammenarbeit mit Samuel Beckett herausgegeben von Elmar Tophoven und Klaus Birkenhauer. Übertragungen von Elmar Tophoven, Erika Tophoven und Erich Franzen. Elf Bände in Kassette. st 2401-2411

Band 1: Theaterstücke. Dramatische Werke 1. st 2401
Band 2: Hörspiele. Filme. Dramatische Werke 2. st 2402
Band 3: Murphy. Roman. Aus dem Englischen von Elmar Tophoven. st 2403
Band 4: Watt. Roman. Aus dem Englischen von Elmar Tophoven. st 2404
Band 5: Mercier und Camier. Roman. Aus dem Französischen von Elmar Tophoven. st 2405
Band 6: Molloy. Roman. Aus dem Französischen von Erich Franzen. st 2406
Band 7: Malone stirbt. Roman. Aus dem Französischen von Elmar Tophoven. st 2407
Band 8: Der Namenlose. Roman. Aus dem Französischen von Elmar Tophoven. st 2408
Band 9: Wie es ist. Aus dem Französischen von Elmar Tophoven. st 2409
Band 10: Erzählungen. st 2410
Band 11: Szenen. Prosa. Verse. st 2411

Dramatische Dichtungen in drei Sprachen. I: Stücke: Warten auf Godot. Endspiel. Spiel ohne Worte 1. Spiel ohne Worte 2. Cascando. Aus dem Französischen von Elmar Tophoven. Englische Übertragung von Samuel Beckett. Leinen

Dramatische Dichtungen in drei Sprachen. II: Stücke: Alle die da fallen. Das letzte Band. Aschenglut/Spiel. Glückliche Tage. Worte und Musik. Aus dem Englischen von Erika und Elmar Tophoven. Französische Übertragung von Samuel Beckett. Leinen

Dramatische Dichtungen in drei Sprachen. Einbändige Ausgabe. Leinen und Leder

50/1/11.94

Samuel Beckett
Sein Werk im Suhrkamp Verlag

Einzelausgaben

Der Ausgestoßene. L'Expulsé. The Expelled. Deutsche Übertragung von Elmar Tophoven. Mit Illustrationen von Roswitha Quadflieg. BS 1163

Auswahl in einem Band. Deutsch von Erika und Elmar Tophoven. Leinen

Endspiel. Alle die da fallen. Aus dem Französischen von Elmar Tophoven und Erika Schöningh. Broschiert

Endspiel. Fin de Partie. Französisch und deutsch. Deutsch von Elmar Tophoven. es 96

Endspiel. Fin de partie. Endgame. Deutsche Übertragung von Elmar Tophoven. Französische Originalfassung. Englische Übertragung von Samuel Beckett. st 171

Erste Liebe. Premier amour. Französisch und deutsch. Deutsche Übertragung von Elmar Tophoven. BS 277

Erzählungen und Texte um Nichts. Deutsch von Elmar Tophoven. BS 82

Flötentöne. Französisch und deutsch. Aus dem Französischen von Elmar Tophoven und Karl Krolow. es 1098

Gesellschaft. Eine Fabel in drei Sprachen. Deutsche Übertragung von Elmar Tophoven. Leinen

Gesellschaft. Eine Fabel. Deutsche Übertragung von Elmar Tophoven. BS 800

Glückliche Tage und andere Stücke. Deutsch von Erika und Elmar Tophoven. BS 98

Glückliche Tage. Happy Days. Oh les beaux jours. Deutsche Übertragung von Erika und Elmar Tophoven. Englische Originalfassung. Französische Übertragung von Samuel Beckett. st 248

Immer noch nicht mehr. Stirrings Still. Soubresauts. Dreisprachig. Aus dem Englischen von Erika Tophoven-Schöningh. Leinen

Das letzte Band. La dernière bande. Krapp's Last Tape. Deutsche Übertragung von Erika und Elmar Tophoven. Englische Originalfassung. Französische Übertragung von Samuel Beckett. Mit Szenenphotos. st 200

Mehr Prügel als Flügel. Aus dem Englischen von Christian Enzensberger. BS 1000

Stücke und Bruchstücke in drei Sprachen. Mit Abbildungen. Deutsche Übertragung von Elmar und Erika Tophoven. Französische und englische Übertragung von Samuel Beckett. Leinen

Der Verwaiser. Le dépeupleur. The Lost Ones. Deutsche Übertragung von Elmar Tophoven. BS 1027

50/2/11.94

Samuel Beckett
Sein Werk im Suhrkamp Verlag

Warten auf Godot. En attendant Godot. Waiting for Godot. Deutsche Übertragung von Elmar Tophoven. Vorwort von Joachim Kaiser. st 1

Warten auf Godot. Ins Deutsche übertragen von Elmar Tophoven. BS 1040

Die Welt und die Hose. Aus dem Französischen von Erika Tophoven-Schöningh und Rosi Wiegmann. Kleine Reihe. Bütten-Broschur

Worstward Ho. Aufs Schlimmste zu. Aus dem Englischen von Erika Tophoven-Schöningh. Zweisprachig. Leinen

Zu Samuel Beckett

Samuel Beckett. Glückliche Tage. Probenprotokoll der Inszenierung von Samuel Beckett in der ›Werkstatt‹ des Berliner Schiller-Theaters. Aufgezeichnet von Alfred Hübner. Fotos von Horst Güldemeister. es 849

Ulrich Pothast: Die eigentlich metaphysische Tätigkeit. Über Schopenhauers Ästhetik und ihre Anwendung durch Samuel Beckett. Leinen

50/3/11.94